KOLLISIONEN

Thomas Wehr

KOLLISIONEN

Wenn Gott die Erde besucht

Herstellung und Verlag:
BoD – Books on Demand, Norderstedt

ISBN: 978-3-7386-1764-1

kollisionen@wehrschreibt.de
www.wehrschreibt.de

Bibliografische Information der Deutschen Nationalbibliothek:
Die Deutsche Nationalbibliothek verzeichnet diese Publikation in der Deutschen Nationalbibliografie; detaillierte bibliografische Daten sind im Internet über http://dnb.d-nb.de abrufbar.

KOLLISIONEN
Wenn Gott die Erde besucht

Der Anruf

S ebastian Ziegler hielt noch immer den Telefonhörer an sein Ohr gedrückt, obwohl das Freizeichen seit Minuten das Ende der Verbindung anzeigte. Der Plastikhörer knirschte unter seinem festen Händedruck und eine deutlich sichtbare Spannung verhärtete den Körper des fünfunddreißigjährigen Stararchitekten aus Trier. Man hatte den Eindruck, Herr Ziegler wolle sich vor einer einstürzenden Decke schützen, denn seine freie Hand war eben dorthin gestreckt und weit geöffnet. Schweißtropfen bildeten sich auf seiner Stirn. Der Blick war in den Raum gerichtet und verriet vollkommene Konzentration. Da begann plötzlich sein linkes Hosenbein zu beben, und seine Wade zuckte wie von einem Muskelkrampf befallen. Das war auch eigenartig: In seinem beige-gelben Hausanzug hob er sich, wenn man ihn aus frontaler Perspektive beobachtete, kaum von der Tapete ab, die hier im Esszimmer eine ganz ähnliche Färbung aufwies. Ginge man an ihm vorbei, entstünde die Illusion, dass Herr Ziegler langsam in der Wand verschwand, und das war es wohl auch, was er sich in jenem Augenblick wünschte: den Hörer loslassen und einfach verschwinden können, bevor die Decke einstürzte.

Aber es gelang ihm nicht, sich von dem Telefon zu lösen. Zu viele Jahre hatte er auf diesen Anruf gewartet, zu viele Hoffnungen in dieses Gespräch gesetzt. Und dann war es so schnell vorbei gewesen.

Nein, das kann nicht schon alles gewesen sein, vielleicht

kommt ja doch noch etwas, dachte Herr Ziegler, und daher horchte er angestrengt in das monotone und reichlich Ohrenschmerzen verursachende Freizeichen hinein, ob ihm nicht eine Stimme doch noch etwas zuflüsterte. Aber das war schwierig, zumal er von dem Ton allmählich taub wurde. Die feinen Empfangsantennen in seinem Ohr wollten nicht länger derartig schlecht behandelt werden, und zu dem Freizeichen begann sich bald ein hoher Pfeifton hinzuzugesellen, der Herrn Ziegler noch bis in die Nacht hinein verfolgen sollte.

Der Vernunft zum Trotz wagte es Herr Ziegler, ein forsches „Hallo" in den Hörer zu rufen, dabei kam es weniger forsch aus ihm heraus als geplant und klang mehr wie ein angstvolles Flüstern in der Nacht, wenn man ein Geräusch im Haus gehört hatte. Wahrhaftig, das war es: Er hatte Angst! Die Angst, dass ihm niemand antworten würde.

Herr Ziegler ließ den Hörer los, und da das Telefon auf einem mannshohen Regal stand, konnte die Schnur den Fall kurz vor den Fliesen abfedern. Der Hörer baumelte nutzlos in der Luft, wie auch jegliche Spannung aus Herrn Ziegler gewichen war, der sich auf den nächstgelegenen Stuhl sinken ließ. Plötzlich wirkte sein Hausanzug viel zu groß und sein Rücken krümmte sich, bis er mit dem Kinn die Kante seines Esstisches berührte. Die Illusion kippte, die Tapete rollte sich in Form von Herrn Ziegler von den Wänden und schlug Falten. Die zur Decke geöffnete Hand fiel ihm auf den Kopf und vergrub sich vergrämt in seinem Haar. Das hatte er heute noch gar nicht gekämmt, wie er auch das Rasieren vor sich her schob, obwohl es doch schon zwölf Uhr mittags war. Aber es war ja Wochenende. Und schließlich war er das, was Statistiker einen Einpersonenhaushalt nannten und Psychologen als die Folge einer fortschreitenden Deinstitutionalisierung der Familie beschrieben – kurzum, er lebte also allein, und das schon seit sechzehn Jahren, als er seine nordische Heimat verlassen hatte und im mittelwestlichen Deutschland sesshaft geworden war. Wen sollte es also kümmern, wie er an einem Samstag aussah.

Herr Ziegler mochte seinen Arbeitsalltag lieber. Dann arbeitete er oft bis zu zwölf Stunden am Tag. Am Wochenende machte er meistens den Eindruck, als warte er auf etwas. Er saß in seinem Esszimmer, starrte das Telefon an oder studierte das Fernsehprogramm, obwohl er gar keinen Fernseher besaß.

Dieses Wochenende schien ganz anders zu verlaufen. Und alles hatte mit dem Telefonanruf begonnen. Statt der gewöhnlichen Stille, die sein Telefon wie eine Schutzhülle umgab, hatte es das erste Mal seit einer Ewigkeit ein Lebenszeichen von sich gegeben. Herr Ziegler wollte gerade ein Ei für sein Frühstück in die Pfanne schlagen und hatte das Ei vor Schreck in seiner Hand zerquetscht. Er hatte die Hände voller Dotter, welches ihm vermengt mit Schalensplittern von den Fingern in die Pfanne tropfte und dort zu einem ungenießbaren Brei gerann. So war er nicht in der Lage gewesen, den Anruf entgegenzunehmen.

Das Telefon klingelte sieben Mal, dann verstummte es. Was für ein schöner Klang, dachte Herr Ziegler. Irritiert wusch er sich die Hände in der Spüle und schielte dabei immer wieder hinüber zu dem Telefon im Esszimmerregal. Wie schön, dachte er fasziniert.

Freilich bekam er Anrufe. Die dann aber nur auf seinem Arbeitshandy. Als prämierter Architekt musste man überall und zu jeder Zeit erreichbar sein. Die halbe Welt war im

Besitz seiner Handynummer und nutzte diese auch rund um die Uhr. Die Nummer seines Hausanschlusses wollte er nur engen Freunden weitergeben. Während er sich die Hände abtrocknete, dachte er darüber nach, wer seine Privatnummer kannte. Ihm fiel lediglich sein Vermieter ein. Doch hatte der nicht erst vor einer Woche nach dem Rechten gesehen und die Wohnung sowie Herrn Ziegler in bester Verfassung vorgefunden? Ging es nun doch wieder um den Schimmelfleck im Bad? Aber sie hatten sich doch geeinigt, dass er, Herr Ziegler, sich um eine Reinigung und das Überstreichen der Stelle kümmerte. Wegen des unerwarteten Anrufs fühlte er sich nun wieder in übersteigerter Weise für den Schimmelfleck verantwortlich und das befeuerte sein schlechtes Gewissen, denn er hatte noch nicht einmal Farbe besorgt.

Und wenn es nicht der Vermieter gewesen war? Herr Ziegler musste lachen, und das klang irgendwie komisch, denn in seinem Esszimmer war noch nie so unvermittelt laut gelacht worden. Rasch unterbrach er sich und spürte eine Gänsehaut auf seinem Rücken, ohne genau sagen zu können, ob sie durch den Gedanken an den noch nicht behandelten Schimmelfleck ausgelöst worden war, oder ob ihn die Idee an einen unbekannten Anrufer diesen kurzen Moment wohligen Unbehagens beschert hatte.

Ein wenig hilflos stand er vor dem stummen Telefon. Das Handtuch, mit dem er sich die Hände abgetrocknet hatte, ruhte wie bei einem Kellner auf seinem Unterarm, und so überlegte er ernsthaft, ob es Sinn machte, den Hörer jetzt noch abzunehmen.

Ein anderes Geräusch unterbrach seine unentschlossene und recht wunderliche Grübelei, und Herr Ziegler zuckte abermals zusammen. Diesmal war es die Uhr im Wohnzimmer, die gerade zwölf schlug. Nun überstürzten sich die Ereignisse. Im Einklang mit der läutenden Uhr begann das Telefon erneut zu klingeln. Wer bist du, was willst du von mir, flüsterte er, während sich das Klingeln zum vierten Mal wiederholte. Herr Ziegler begriff, dass er jetzt zugreifen musste, wenn er seine zweite Chance nicht auch noch verpassen wollte.

Eine Chance? Herr Ziegler schüttelte den Kopf. Was bildete er sich da ein!

Das fünfte Klingeln ließ nicht auf sich warten, und auch das sechste Mal verstrich ungenutzt. In der Hälfte des siebten Klingelns gab sich Herr Ziegler einen Ruck. Vielleicht...

Er meldete sich knapp mit seinem Nachnamen und dann sah man ihn nur noch starr und blass werden. Nach einer unendlich langen Pause, man hatte den Eindruck, die Zeit sei stehen geblieben, und wäre dies die Szene eines Spielfilms gewesen, so hätte manch ein Kinobesucher diesen Moment genutzt, um ausgiebig zu gähnen – nach diesem unerträglich langwierigen Abwägen dessen, was wohl gesagt worden sei, wurden endlich auch ein paar Worte seitens Herrn Zieglers gesprochen, aber aus denen wurde man schwerlich schlau.

„Wer?", fragte er einmal, und „was?" ein anderes Mal.

Man wurde aber den Eindruck nicht los, dass trotz aller äußeren Umstände (Herr Ziegler war außerordentlich sprachlos und machte wenig Anstalten, seine krampfartige Haltung zu lockern), dass trotzdem zwischen dem Hörer und Herrn Ziegler ein Wirbelsturm tobte, ein Wasserfall in die Tiefe rauschte, ein Erdbeben die Gedanken erschütterte. Irgendetwas vibrierte in der Luft, das man nicht sehen konnte. Wie zur dramatischen Unterstreichung fuhr nun ein Arm in die Höhe, und seine Hand öffnete sich wie eine Blume. Dann erstarrte Herr Ziegler und das Freizeichen begann sich durch seinen Gehörgang zu bohren.

Herr Ziegler saß zusammengesunken am Esszimmertisch. Der Kopf erschien ihm so schwer wie eine Bowlingkugel, aber seine Hände, die nicht aufhören konnten zu zittern, waren nur bedingt in der Lage, ihn zu stützen. Bewegungslos und doch wie elektrisiert riss es ihn hin und her. Er atmete schwer und jedes Mal, wenn er ausatmete, entfuhr ihm ein seltsames Quieken. Er begann zu schaukeln. Jetzt fehlte nur noch, dass ihm weißer Schaum vor den Mund trat, und man hätte um Herrn Ziegler wegen eines Schlaganfalls gefürchtet.

Aber das war es ja alles gar nicht. Es war ganz anders, viel größer, viel mächtiger – und umwerfender! Wenn das alles wahr sein konnte, wenn er also den Anrufer richtig verstanden hatte, und warum sollte er nicht, dann hatte er, und das war eigentlich vollkommen unmöglich, dann hatte er, aber wie sollte das gehen, ja dann hatte Gott zu ihm gesprochen! Das heißt, er hatte nicht mit Herrn Zebaoth persönlich telefoniert (so wurde Gott im Konfirmationsunterricht genannt, erinnerte sich Herr Ziegler), aber doch mit dessen Sohn, wie der Mann am anderen Ende der Leitung, wo immer das auch gewesen sein mochte, es ihm, Herrn Ziegler, dem prämierten Stararchitekten aus Trier, derzeit auf Wolke Sieben, glaubwürdig, ja wirklich glaubwürdig versichert hatte.

Es vergingen nicht einmal zehn Minuten, da begann Herr Ziegler alles abzustreiten und denjenigen zu leugnen, der mit ihm gesprochen hatte. Erst einmal: Wie sollte das gehen? Und dann: Warum hatte er ausgerechnet ihn, Herrn Ziegler, angerufen? Das ergab überhaupt keinen Sinn. Er kam sich hoffnungslos kindisch vor zu glauben, Gott hätte ein Telefon neben seinem Thron stehen und nichts Besseres zu tun, als die Nummer von Sebastian Ziegler aus Trier zu wählen. Das ging nicht. Das ging einfach nicht.

Er musste sich ein Glas Wasser holen ohne Durst zu haben. Das beschäftigte ihn und lenkte seine Aufmerksamkeit erst einmal von dieser Merkwürdigkeit ab. So wankte er in die Küche, stand lange vor dem Geschirrschrank, starrte in das Innere, wo sich verschiedenfarbige Plastikbecher in schwindelerregenden Höhen stapelten, und überlegte, auf welche Farbe er gerade Lust hatte. Er entschied sich für einen Becher in grellem Orange. Den mochte er am wenigsten und benutzte ihn daher eigentlich nur zum Wässern von frischem Schnittlauch. Aber gerade diese Fragen, warum er sich den hässlichsten Becher ausgesucht hatte, und ob das Wasser nach Kräutern schmecken würde, weil dies der Schnittlauchbecher war, gerade diese Fragen kamen ihm gelegen und schienen ihm alles andere als banal. Ganz im Gegenteil, warum er noch nie Orange gemocht hatte, das war noch immer nicht entschieden und bedurfte endlich einer Antwort.

Aber er hatte seine Stimme gehört und sie erschien ihm die eines Messias zu sein: weich und vertraut. Das konnte er von der Farbe Orange nicht behaupten, die ihm zu hart vorkam und an die er sich einfach nicht gewöhnen konnte.

Er füllte den Becher mit Wasser und sprang in drei großen Schritten zurück an den Esstisch – sein Rettungsboot inmitten eines tobenden Ozeans. Seufzend ließ er sich auf

7

den Stuhl fallen, der Becher knallte ein wenig unsanft auf den Tisch, es wurde Wasser verspritzt, und da war wieder das Telefon, weit über ihm lugte es verschmitzt über den Rand des Regals zu ihm herunter.

Er wusste seinen Namen. Sebastian Ziegler, hatte er gesagt. Dieser Sebastian Ziegler hatte einmal vor langer Zeit an ihn, den Messias, geglaubt und ihm sein kümmerliches Erdenleben übergeben. Sogar ganz fest und innig und voller Inbrunst hatte er an ihm gehangen.

Das war lange her, und Herr Ziegler hatte gewisse Schwierigkeiten, wenn ihm auch die Erinnerung an die eine oder andere Begebenheit in der heimatlichen Gemeinde gar nicht schwerfiel, so sich doch die Gefühle zu vergegenwärtigen, die mit diesen Ereignissen – er hatte sie damals etwas stürmisch und voreilig zu den wichtigsten seines Lebens erklärt – einhergegangen waren.

Herr Ziegler ließ, nicht ganz ohne eine zaghafte aber doch unbestimmte Hoffnung, die Jahre Revue passieren, denen er seine Glaubenszeit zuordnete, und befand, dass er ziemlich schnell mit seinen Überlegungen am Ende war. Ernüchtert drehte er den Becher zwischen seinen Händen und betrachtete das Wasser, wie es sich bei der Drehung verhielt. Es widersetzte sich der Drehung und blieb einfach stehen. Auch Herrn Ziegler brachte der Versuch, das Rad der Zeit zurückzudrehen, nichts ein. Da war nur eine Leere. Bilder ohne Geräusche, in falschen Farben und neutralen Gerüchen, ohne Bewegung und ohne Leben. Im Grunde genommen hätte Jesus ihn damals in seinen Glaubensjahren anrufen sollen. Dann wäre er bereit gewesen.

Wenn ich das wem erzähle, dachte Herr Ziegler plötzlich und winkte ab. Aber auf der anderen Seite, für Gott war nichts unmöglich, also möglich war das schon. Ganz am Anfang der Zeit hatte sich Gott durch Propheten offenbart oder war in den Gewändern der Naturgewalten aufgetreten. Ein Mensch war für immer verwandelt und gezeichnet, wenn Gott ihn berührte. Herr Ziegler erinnerte sich, wie Mose von einem Berg herabgestiegen war, auf dem er eine Begegnung mit Gott hatte, und sein Antlitz hatte derart geleuchtet, dass sich das Volk bei seiner Rückkehr voller Entsetzen von ihm abgewendet hatte. Er hatte wahrhaftig geleuchtet! Ein funkelnder Stern inmitten der Wüste. Und es ward Licht. Und Leben. Und heute soll dieser Gott Herrn Ziegler angerufen haben? Nebenbei bemerkt, Herr Ziegler hörte auf dem Ohr, mit dem er telefoniert hatte, noch immer nichts weiter als das beständige Rauschen eines Wildbaches, aber es schmerzte nicht mehr so sehr.

Ein Telefonstreich! Das war es gewesen. Herr Ziegler trommelte mit den Fingern einen kleinen Siegesmarsch auf der Tischplatte ob seines Einfalls. Der Körper nahm wieder Haltung an und beiseitegeschoben war all der Gram. Doch dann flüsterte ihm eine Stimme zu, dass niemand außer seinem Vermieter diese Telefonnummer kannte, und im Telefonbuch war sie auch nicht zu finden. Sollte er die Nummer doch einmal achtlos weggegeben haben?

Beunruhigt rutschte er auf dem Stuhl hin und her, bis er es nicht mehr aushielt und aufstand. Während er quer durch die Wohnung marschierte, ging er alle gesellschaftlichen Ereignisse der letzten Zeit durch: Empfänge, Einladungen, Partys, na ja, von denen nicht so viele. Ihm wollte keine Person einfallen, der er die Nummer gegeben hatte. Selbst seine Eltern besaßen lediglich die Nummer seines Arbeitshandys. Er wusste nicht genau zu sagen, warum das so war.

Also, wenn du dich vergewissern willst, dass es nicht der Vermieter gewesen ist, dann musst du ihn anrufen. Ein guter Gedanke. Ein vollkommen verrückter Gedanke. Was sollte er seinem Vermieter sagen? Etwa, dass er wissen wolle, weil die Möglichkeit bestand, dass es auch Jesus Christus gewesen sein könne, ob der Herr Vermieter versucht habe, ihn anzurufen?

Herr Ziegler wählte die Nummer, legte auf, wählte noch einmal, fand das unklug, legte wieder auf und wartete fünf Minuten, bevor er die Nummer ein drittes Mal eintippte und den Mut fand zu warten, bis der Anruf erwidert wurde.

Ja, er habe bloß mitteilen wollen, dass sich um den Schimmelfleck gekümmert worden sei, sogar einen durchsichtigen Schutzlack habe er nach gründlicher Reinigung doppelt aufgetragen. Der Vermieter schien erfreut, nur Hinweise auf einen Anruf gab er nicht. Als sich das Ende des Gesprächs abzuzeichnen begann, es war bereits der Fall, nachdem die Sache mit dem doppelten Schutzanstrich gesagt und durch zustimmende Worte gewürdigt worden war, musste Herr Ziegler den eigentlichen Grund seines Anrufs forcierter angehen. Umständlich fragte er, ob der Vermieter vor kurzem versucht habe, ihn, Herrn Ziegler, telefonisch zu erreichen. Der Vermieter verneinte und damit war das Gespräch beendet.

Wie in jedem pubertierenden Jungen brannte auch in dem jungen Sebastian eine schier unauslöschliche Sehnsucht, doch wonach, das war ihm nicht immer ganz klar gewesen. Der Konfirmationsunterricht war ein beliebter Termin, erinnerte er sich. Da hörte er von einem Vater, der einen liebte, auch wenn man eine Klausur schwänzte, von einem Menschensohn, der für deine Sünden gestorben war.

Und das Sterben hat sich bisher noch jeder redlich verdient, argwöhnte Herr Ziegler, der ganz in Gedanken verhangen war und nicht mitbekam, wie, obwohl es eine gewöhnliche Januarwoche war, Sonnenlicht die dichte Wolkendecke durchbrach und dem Wochenendtreiben auf der Straße vor seinem Haus ein freundliches Aussehen gab. Er liebte die Geschichten, die im Konfirmationsunterricht erzählt wurden, aber er wusste nie genau, was Sünde bedeutete. Er meinte sie heute besser zu kennen, aber nun fehlte ihm die Liebe. All die Inbrunst war dahin, sie hatte von einem Tag auf den anderen nachgelassen.

Beobachtete man Herrn Zieglers Silhouette, musste sich der Eindruck einstellen, ein Mann sei am Armdrücken, so sehr verzerrte sich sein Gesicht und spannten die Muskeln. Dabei war Herr Ziegler zur gleichen Zeit überzeugt, er hätte die Glaubensjahre abgelegt und sei zu einem reiferen Menschen herangewachsen, der weder eine Sehnsucht besaß, noch einen anderen Vater als den, der ausschließlich im Besitz seiner Arbeitshandynummer war.

Niemals gab es einen Gott! Wo sollte der sich denn aufhalten? Etwa in dem Himmel, der heute von unzähligen Satelliten, Sonden, Raumfähren und Weltraummüll durchkreuzt, von Astronomen durchleuchtet und Mathematikern berechnet wurde?! Die Menschheit entwickelte sich weiter, und ein Gott, der sich für die Schöpfung verantwortlich erklären, dann aber nicht für sie sorgen wollte, wurde nicht gebraucht. Der Mensch war in der Lage, sich selbst zu versorgen. Herr Ziegler sah sich als lebendes Beispiel dafür, wie man es ohne Gott zu etwas bringen konnte. Er hatte eine große Wohnung im besten Vorort der Stadt, er hatte ein hohes Einkommen, und darüber hinaus, denn Materielles war ja nicht alles, hatte er sich Ruhm und Ehre, kurz gesagt, ein öffentliches Ansehen mit den von ihm entworfenen Einkaufshäusern verdient, und das war etwas für die Seele und wofür es sich zu leben lohnte. Bemerkte Herr Ziegler nicht, wie er bei diesen Gedanken den Kopf beschämt auf die Brust sinken ließ? Nein, das bemerkte er wohl nicht.

Aber angenommen, er hatte mit Jesus telefoniert – eine Frage hätte er ihm gern gestellt. Diese Frage lastete seit dem sechzehnten Lebensjahr auf seinem Herzen, seit dem Tag seiner Abkehr. Nur diese eine Frage. So lange trug er die unbeantworteten Klagen mit sich herum, sie hingen ihm an wie eine verschleppte Grippe. So lange hatte er sich zum Beten überwunden, um Gott nach seinen Beweggründen zu fragen, und so lange hatte er keine Antwort bekommen, so dass aus feuriger Liebe zunächst Enttäuschung, dann Hass auf den gehörlosen Vater erwuchs.

Zeit heilt alle Wunden, hieß es doch immer. Er hatte gedacht, mittlerweile sei ihm der Vater einfach egal geworden, aber, meine Güte, es wollte sich auch nach so vielen Jahren keine lindernde Gleichgültigkeit einstellen, wie er jetzt bemerkte, und wütend schlug er auf den Tisch. Da meinte er eine Stimme zu hören, die ihn rief, und bewegungslos lauschte er in die Leere des Tages hinein, ohne dass er die Stimme noch einmal hörte, und ohne das Bild aus dem Kopf zu bekommen, wie sich seine Mutter aus der Küchentür lehnt und ihn zum Mittagessen ruft. Er sah sogar die Dampfwolken der Kochtöpfe, wie sie durch die Türöffnung drängelten und dem kleinen Sebastian in die Nase stiegen.

Die Stimme am Telefon sagte: Sebastian Ziegler. Hallo. Hier ist Jesus. Du kennst mich und ich kenne dich. Ich sage dir, dein Name soll bald in meinem Buch stehen, und es ist Zeit, bevor du mich ganz vergisst, dass wir uns treffen. Ich bin schon einmal auf die Erde gekommen und hinweg genommen worden, und die Menschen werden seitdem nie müde, es immer wieder zu versuchen, mich zu töten. Sie wollen nicht begreifen, dass ich den Tod besiegt habe, und dass ich es für sie getan habe. Du wirst das verstehen, Sebastian. Du hast es einmal in deinem Herzen getragen. Nun ist die Zeit gekommen, dich zu erinnern. Daher wirst du dich heute in weniger als einer Stunde mit mir treffen, um dreizehn Uhr. Ich werde auf dem Domfreihof auf dich warten. Bis dann.

Herr Ziegler rasierte sich so schnell er konnte. Himmel noch mal, musste man sich für Jesus rasieren? Nun ja, so oft traf er ihn ja nicht, also durfte er sich ruhig ein wenig zurechtmachen, auch wenn die Minuten zu schnell dahinflogen und Herrn Zieglers dubiose Einfälle eine Verspätung immer wahrscheinlicher machten. So wollte er sich auch noch ein Hemd bügeln. Es war zum Verzweifeln. Er kam nicht voran, und dann spukte ihm auch noch der Gedanke an den Wochenendeinkauf im Kopf herum, den man bald organisieren musste. Aber so viel Zeit würde sich der Sohn Gottes ja wohl kaum für ihn nehmen.

Herr Ziegler hielt inne. Was tat er eigentlich! Das war ja nicht zu fassen. Er hatte doch eben entschieden, dass das Ganze auf eine wie auch immer geartete Halluzination zurückzuführen war. Was sollte die nachträgliche Versüßung von Jugendjahren, die heute nicht mehr viel gelten konnten, die unwiederbringlich überwunden und zu nichts mehr nutze waren. Das war zum Lachen und Herr Ziegler lachte einmal herzlich auf, während er aus dem Badezimmer geradewegs in das Schlafzimmer lief, und hastig hinter die Tür griff, wo das Bügelbrett an der Wand noch einen kurzen Moment lehnte, dann in Eile ausgeklappt und mit einem zerknitterten, weißen Hemd mit grauen Nadelstreifen bedeckt wurde.

Zwölf Uhr zwanzig. Die Zeit war ein sadistisches Monster. Entweder war es in ungemütlichen Situationen nicht zu vertreiben, dann wieder, wenn man es unbedingt brauchte, konnte es nirgends gefunden werden.

Herr Ziegler, fertig bekleidet und in den Flur getreten, staunte nicht schlecht über sein Spiegelbild, das er in dem mannshohen, goldumrahmten Wandspiegel betrachtete, welchen er von den Kollegen zu seiner Ehrung als Architekt des Jahres 1999 geschenkt bekommen hatte. Den Spruch, welchen Frau Müller-Gärtner, die technische Zeichnerin seines Unternehmens, mit rotem Lippenstift quer über das Glas geschrieben hatte, „dem Basti zur Inspiration", den Spruch hatte Herr Ziegler bis heute nicht verstanden und irgendwie war er peinlich gerührt gewesen, als er das Geschenkpapier entfernt und die Tatsache enthüllt hatte, dass die Mitarbeiter seine Prämierung ausgenutzt hatten, sich mit seinem Kosenamen einen Spaß zu erlauben und sich ihm so näher stellten als sie es in Wirklichkeit waren. Letztlich wollten sie doch alle nur ein wenig im Glanz seines Ruhmes baden.

Er strich gedankenverloren über sein glattes Kinn, das unaufdringlich duftete, und in dem Hemd mit der blauen Jeans sah er umwerfend jung aus. Im Nachhinein fand er es richtig, dass er sich so sehr um sein Äußeres gekümmert hatte. Ihm drängte sich ein unbestimmtes Gefühl auf, das ihn wie eine plötzliche Atemnot überfiel, ein Gefühl, zu alt zu sein, das Fortschreiten der Zeit aus den Augen verloren und zu viele Jahre hinter sich gelassen zu haben, ohne den Antworten seiner Fragen nachgegangen zu sein, und dieses Gefühl rechtfertigte die Pflege seiner Außenfassade. Er war bereit.

Zwölf Uhr dreißig. Als würde ein Baum von einem Blitz gespalten, durchfuhr Herrn Ziegler ein reißender Schmerz von Kopf bis Fuß, der ihn unvermittelt zu Boden stürzen ließ. Er konnte den Fall ein wenig mit den Händen abfedern, bevor sämtliche Empfindungen aus seinen Muskeln wichen, und er wie jemand, der die einundfünfzigste Liegestütze nicht mehr schaffte, mit dem Bauch voran auf die kalten Fliesen klatschte. Seine Hände waren nach vorne ausgestreckt, und so konnte er trotz der misslichen Lage die Zeiger seiner Armbanduhr erkennen. Es ließ sich nicht leugnen, dass der große Zeiger erst vier volle Umdrehungen absolvieren musste, bevor Herr Ziegler einzusehen bereit war, dass ihn nicht der Tod ereilt hatte, dass sein Herz noch immer schlug. Seine Gedanken hingen gegenstandslos in der Luft und der Blick haftete gebannt auf der Armbanduhr, wo das Monster erbarmungslos seine Runden drehte. Er fragte sich, ob er gestolpert war, doch worüber? Konnte es ein Herzinfarkt gewesen sein, ein Schlaganfall? Der menschliche Organismus war anfällig wie jedes andere Baumaterial auch, aber so alt war er doch noch nicht.

Da meinte er, aus den Augenwinkeln eine Bewegung wahrzunehmen. Ohne den Kopf bewegen zu können, verdrehte er seine Augen. Er sah eine Silhouette, kein Zweifel. Jemand stand hinter seinem gelähmten Körper und starrte ihn an, das bemerkte Herr Ziegler wohl, auch wenn er keine näheren Konturen, wie etwa die eines Gesichts, erkennen konnte. Ein rauchender Colt in den Händen des Fremden und heißer Steppensand statt kalten Fliesen unter Herrn Zieglers Körper, und die Szene hätte im Wilden Westen spielen können. Er hätte sie genannt „der Gesetzlose thront über den gefallenen Kämpfer".

Oh nein, dachte er, womöglich stecke ich tatsächlich in so einer Sache. Er, Herr Ziegler, der sich für gewöhnlich bloß mit Grundrissskizzen herumschlug, war vielleicht wirklich mit noch unbestimmtem Ausgang verwundet worden. Der Gesetzlose war in sein Herz eingedrungen.

Was für ein kindischer Gedanke, aber irgendwie real, und er begann, sich von dem Schatten bedrängt zu fühlen.

Schweißperlen bildeten sich auf seiner Stirn und liefen ihm brennend in die Augen. Sein Körper fühlte sich so taub wie nach einer Elektroschockbehandlung an. Das war kein Spiel mehr, keine Täuschung. Der Gesetzlose, der nur aus einem Schatten bestand und wie ein dunkler Fleck in den Augenwinkeln schimmerte, hatte sich Zutritt verschafft. Früher einmal, da war er von künstlerischen Darstellungen des Teufels genauso in den Bann gezogen worden wie von Malereien, die den Kreuzestod Jesu darstellten. Eine unheimliche Faszination war von diesem Wesen ausgegangen, ebenso verrückt und unverständlich wie der Gottessohn am Holz. Die Gänsehaut, welche die äußere Grauenhaftigkeit des Bösen an ihm zu erzeugen wusste, hatte Sebastian Ziegler als Teenager in diversen kulturellen, insbesondere cineastischen Ausdrucksweisen genossen, aber nichts von alledem glich dieser inneren Kälte, welche von dem Wesen ausging und geradewegs in seinen Körper strömte, sämtliche Adern leerte und Muskeln lähmte. Plötzlich verstand er auf eine sehr klare und bildhafte Art, was es bedeutete, den Hauch des Todes zu spüren. Nur ein Schatten, ein kalter, der feine, aber stabile Fäden zwischen der Welt der Menschen und dem unsichtbaren Reich Gottes zu weben verstand, bis das Netz so dicht gesponnen war, dass es kein Licht mehr durchdringen konnte und so die Menschen der Finsternis überließ. Wie lächerlich und schwach war er dagegen.

Die Kälte verließ ihn ebenso unvermittelt, wie sie über ihn gekommen war. Der Schatten verschwand, das Atmen verursachte keinen Schmerz mehr. Alles war wie zuvor.

Wie zuvor, nur dass Herr Ziegler auf dem Boden lag, und, jetzt da der Schatten nicht mehr war, keinen Grund mehr sah, weshalb er diese Lähmung hatte erleiden müssen. Wie um sich zu versichern, dass alle Muskeln in tadellosem Zustand geblieben waren, stemmte sich Herr Ziegler langsam auf, verharrte einen Moment in vollster Anspannung und floh, nachdem er überzeugt war, dass kein Körperteil einen dauerhaften Schaden erlitten hatte, in das Esszimmer. Seltsam – dabei mied er es, sich nochmals mit dem Spiegel zu konfrontieren, stattdessen kroch er unter ihm entlang und richtete sich erst dann wieder voll auf, als er das Ding hinter sich wähnte.

Sebastian Ziegler saß am Tisch und konzentrierte sich auf die Wachsdecke, wie sie unter seinen Handbewegungen einmal kalt und klebrig, einmal sanft und glatt zu spüren war. Krümel, die seinen Händen im Weg lagen, schnippte er achtlos fort. Das Hemd hatte am meisten gelitten, was auch, selbst wenn er noch die Zeit dazu gehabt hätte, durch erneutes Bügeln nicht wieder gutzumachen war, denn es zeichneten sich zusätzlich zu den schrecklichen Falten an der Vorderfront wachsende, dunkle Schweißflecken ab.

Herr Ziegler überlegte, ob er dieses Wochenende mehr auf Kartoffelauflauf mit Lachssteak oder Reispfanne Pikant

Appetit hatte – Chilischoten waren noch im Haus, Lachs müsste er kaufen, und den gab es nur in der Stadt. Aber er wollte ohnehin noch in die Stadt fahren, also würde wohl der Kartoffelauflauf siegen. Konnte man Jesus zum Essen einladen? Er würde sicherlich nur der Höflichkeit halber annehmen, denn Hunger und Durst spielten nur in dieser Welt eine existenzielle Rolle, erinnerte er sich.

Für einen kurzen Moment verspürte er den Wunsch, das Vater Unser nachzuschlagen – zur Sicherheit – verwarf diesen Gedanken und verließ die Wohnung ebengerade so, wie er war: zerknittert und verwirrt, aber mit aufrechtem, forschem Gang. Er hatte, was an Wochenenden selten genug war, etwas außerhalb seiner Wohnung vor – und es war nicht nur der Besuch im Einkaufsmarkt.

1999 war sein Jahr gewesen. Er hatte erschaffen, wovon andere Architekten bis dahin nur geträumt hatten: das kreisrunde Einkaufszentrum. Ein wahres Wunderwerk, welches sich über die bisher bekannten Gesetze der Statik geradezu lässig hinwegzusetzen wusste und die Fachwelt unweigerlich zu Neid und Argwohn reizte, die Kunden jedoch zu begeisterten Jubelrufen verleitete und ihnen eine neue Kauffreude bescherte. Der fünfstöckige Bau war fast vollständig von verspiegeltem Glas umgeben. Entfesselt von dem Wunsch, einmal in so einem Traum umherspazieren und einkaufen zu können, war der Eindruck von einer gigantischen Weihnachtsbaumkugel nur schwer zu unterdrücken. Das Prachtwerk war zweifellos innerhalb weniger Monate neben der 1800 Jahre alten Porta Nigra zum zweit bekanntesten Wahrzeichen der Stadt avanciert. Sogar als Briefmarkenbild soll das kreisrunde Einkaufszentrum von Sebastian Ziegler schon vorgeschlagen worden sein, das unweit des Stadttores an der Simeonstraße lag, wo einst die kubistische Antipode eines Kaufhauses der sechziger Jahre gestanden und dem Stadtbild eine unnötige, zudem übertriebene Tristesse verliehen hatte. Trier, die älteste Stadt Deutschlands, in welcher, so verspricht es der gängige Reiseführer, der Tourist beim Flanieren durch die vielen Gassen und Sträßchen begeistert sein wird von dem Nebeneinander verschiedenster Stilrichtungen und Epochen, Trier, das Zentrum Europas, wie es der wortgewaltige und allgegenwärtige Oberbürgermeister in jeder Heimatkolumne und auf jedem Stadtfest propagiert, diese Stadt, in der römische Kaiser, Bischöfe und Kurfürsten ihre Bauten hinterlassen haben, Trier war nun endlich um eine weitere Stilrichtung gewachsen, noch ein wenig attraktiver für den interessierten Besucher, und selbst die Nachbarn aus Luxemburg, die es nicht weiter als eine Fahrstunde hatten, flossen der Stadt ungeniert zu und überfluteten die epochalen Gassen gern und reichlich gerade zu den Wochenenden. Dabei bestaunte man sein Meisterwerk und wertete es als der Luxemburger Architektur weit voraus, was sicherlich das größte Kompliment für Herrn Ziegler war, denn der Charme Luxemburgs, der sich aus dem Flair dörflicher Natürlichkeit, städtischer Eleganz, prunkender Selbstgefälligkeit und gemütlichem Barock zu einem begehrenswerten Cocktail vermengt, gilt unter den Architekten der angrenzenden Länder als unübertroffen und dient ihnen oft als impliziter Maßstab für die eigenen Entwürfe.

Die Haltestelle „An der Pferdsweide" lag nur fünf Minuten entfernt. Der Bus war gegen zwölf Uhr dreiundvierzig zu erwarten. Der Architekt flog repetierend über das Land, zollte weder Kühen noch streunenden Katzen die Aufmerksamkeit, die er ihnen an gewöhnlichen Tagen schenkte. Blind für seine Umwelt murmelte er vor sich hin.

Vater unser im Himmel, geheiligt werde dein Name...

Der Bus sog ihn auf wie eine Flugzeugturbine. Sein Mantel verfing sich an jeder zweiten Sitzlehne. Seine Hände begannen derart zu zittern, dass er sich in der Mitte des Busses um eine Haltestange schlang und die ganze Fahrt bis hinunter in die Stadt daran kauerte wie ein Specht am Baum. Und diese Fahrt kam ihm vor wie eine Reise zum Mond. Sie war so viel weiter als an normalen Tagen, und was war nun ein normaler Tag, fragte er sich, nur um in Gedanken von dem bevorstehenden Ereignis abgelenkt zu sein. Nun ja, ein Tag zumindest, an dem man keine Telefonanrufe aus dem Himmel entgegennahm, war ein normaler Tag. War das auch schon anderen passiert? Bekamen andere auch solche Anrufe? Und da saß Frau Becker, eine Nachbarin. Er hatte sie jetzt erst entdeckt und nickte entschuldigend, denn sie hatte ihn wohl schon länger beobachtet und auf einen Gruß seinerseits gewartet, wenn er ihre leicht gehobenen Augenbrauen richtig deutete.

Dein Reich komme, dein Wille geschehe, wie im Himmel so auf Erden...

Herrgott, er war ja immer noch dabei, das Vater Unser rauf und runter zu spulen! Es sprudelte einfach wie eine Wasserfontäne aus ihm heraus. Es war das letzte Relikt aus der Konfirmationszeit, ein Zeichen des guten Willens, nein, vielmehr seiner Sehnsucht, seines Verlangens, das er nun, es war ja kurz vor dreizehn Uhr, kaum noch unterdrücken, geschweige denn leugnen konnte. Es war das Gefühl, aus der Dunkelheit gezogen zu werden, aus einem Leben, das sich fast schon wie gelebte Vergangenheit anfühlte, obwohl er doch noch mitten drin steckte, hinein in ein vollkommen unbekanntes und doch irgendwie seltsam vertrautes Licht, ein Licht, zu dem alle Nervenbahnen zuckten, das den Verstand mitriss, ihn am Boden zu zerschmettern drohte, um den Blick auf etwas neues Altes, ein Geheimnis, das er doch schon kannte, eine Offenbarung, die sich ihm jetzt noch verhüllte, freizugeben.

„Herr Ziegler?"

„Unser tägliches Brot gib uns heute...“

„Herr Ziegler?"

„Und vergib uns unsere Schuld. Vergib mir meine Schuld, vergib mir meine Blindheit, vergib mir, wie auch wir...“

„Herr Ziegler!"

„Frau Becker?"

„Herr Ziegler, geht es Ihnen nicht gut? Sie müssen sich setzen...“

„NEIN! Ich meine, nein, ich möchte lieber stehen und es geht mir auch gut. Entschuldigen Sie vielmals, ich wollte nicht... ich wollte niemanden...“

„Was ist mit Ihnen? Sie müssen sich beruhigen.“

„Oh, ich bin ruhig, ich meine, entschuldigen Sie, ich habe einen wichtigen Termin und bin spät dran.“

„Am Samstag.“ Und das sagte Frau Becker durchaus vorwurfsvoll, um Herrn Ziegler wissen zu lassen, dass er ihrer Meinung nach zu viel arbeitete und dadurch früher oder später seine Gesundheit ruinieren würde. Sebastian nahm alle Kraft zusammen und hielt seinen Körper so ruhig es ging, nickte Frau Becker noch einmal zu und drehte dann den Kopf zur Seite, aber nicht zu schnell, dass es als Unhöflichkeit aufgefallen wäre.

Der Bus passierte den Bahnhof und die Porta Nigra kam in Sicht, dahinter ragte das neue Einkaufszentrum wie ein dunkler Mond empor. Der Dom war nun in Reichweite. Nach weiteren zwei Stationen stürzte Sebastian aus dem Bus, hechtete die Jakobstraße hinauf zum Hauptmarkt – es war wieder so ein Samstag, an dem die ganze Welt auf die beschauliche und immer nach dem Modernen strebende Stadt an der Mosel konzentriert schien. Körperkontakt war nicht zu vermeiden, es roch nach chinesischem Essen, gebratenem Fisch und heißem Kaffee, und als er kurz vor dem Hauptmarkt einen Schnellimbiss passierte, entglitten einem kleinen Mädchen ihre Pommes frites, als sie mit Herrn Ziegler kollidierte. Er konnte die Tüte gerade noch auffangen und dem Mädchen zurückgeben. Allerdings war seine Jacke nun um einige Ketchupflecken reicher. Egal, er würde sie ausziehen, sobald er den Domfreihof erreicht haben würde. Doch der schien angesichts der vielen Menschen, die sich durch die Fußgängerzone drängten, gerade unerreichbar. Dabei waren es kaum noch einhundert Meter. Sebastian wagte einen Blick auf die Uhr, und die gemahnte, dass ihm drei Minuten bis zu seiner Verabredung blieben.

Er schaffte es. Sein Hemd war zwar durchgeschwitzt und die Jacke mit Ketchup bekleckert, aber er schaffte es. Am Horizont, hinter all den menschlichen Fassaden, erhob sich der Trierer Dom in seiner Pracht und mit der Würde, die einem solchen Ort zu eigen war, wenn dort auf eine bald zweitausend Jahre alte Historie zurückgeblickt werden konnte. Weitaus relevanter erschien Sebastian jedoch, dass in diesem Augenblick, er setzte gerade den ersten Fuß auf den gepflasterten Freihof, die Domuhr über dem Haupteingang dreizehn Uhr schlug.

Ein wenig außer Atem verlangsamte Sebastian seine Schritte. Zögerlich überquerte er den Hof und sah dabei forschend um sich, ob vielleicht aus der Menge, die sich auch hier in der Nähe des Doms promenierend tummelte, jemand hervortrat und mit Sebastian Blickkontakt aufnahm. Aber niemand schien sich für ihn zu interessieren.

Konnte Jesus sich verspäten? Doch wohl kaum. Er musste hier irgendwo sein. Es würde gar nicht mehr lange dauern, bis er ihm gegenüberstand. Sebastian Ziegler war sich jetzt vollkommen sicher.

Aber er kam nicht.

Stattdessen stieß er mit einem kleinen Jungen zusammen, der eine Latzhose aus Cord trug, darunter einen bunten, geringelten Pullover. Das Band seines linken Schuhs war offen und hatte sich bereits von den ersten beiden oberen Ösen befreit. Er hielt seine Arme weit nach vorne gestreckt, als wolle er jemanden umarmen. Als er gegen Sebastian prallte, bohrte sich seine kleine, mit Sommersprossen über-säte Stupsnase in den Bauch unseres Stararchitekten und beide erstarrten. Nur die wilden, blonden Locken des Jungen schienen mit dem Wind davonzufliegen.

Sebastians Mund sprang auf, als hätte der Zusammen-prall einen verborgenen Mechanismus in seinem Kiefer ausgelöst, aber ein Wort wollte sich nicht formen. Stumm starrte er den Jungen an. Mochte er sechs oder sieben Jahre alt sein? Ihre Blicke verschmolzen miteinander und die Zeit schien still zu stehen. Weder der Junge wusste etwas mit der Begegnung anzufangen noch Sebastian. Beide waren sie bis eben noch in ihrer eigenen Welt unterwegs gewesen und allzu überraschend in die des anderen katapultiert worden.

„Papa...", schluchzte der Junge mit gebrochener Stimme, und erst jetzt bemerkte Sebastian, wie sich dicke Tränen aus den Augen des Jungen lösten. Ein Stich durchfuhr ihn und ein unwillkürliches „ach nein..." entwich ihm. Der Junge achtete nicht darauf und presste seinen Wuschelkopf fester an ihn, und seine vorgestreckten Arme, jetzt endlich ihren Zweck erfüllend, schlossen sich so fest um Sebastian, dass ihm für einen kurzen Moment die Luft weg blieb, doch er erwiderte instinktiv die Umarmung. Eine lange Zeit standen sie so da und hielten sich fest, der kleine Junge und der Stararchitekt. Währenddessen drehte sich die Welt weiter und Menschen gingen ihren Beschäftigungen nach. Und im monotonen Rhythmus tickte die Uhr unerbittlich weiter.

Meine Verabredung, durchfuhr es Sebastian, und schmerzvoll riss er sich von dem Jungen los. Wieder blickte er hektisch über den Platz und wieder sah er niemanden im Besonderen. Da sah ihn der kleine Junge hoffnungsvoll an. Zweifellos dachte er, dass Sebastian nach seinem Papa Ausschau hielt. Ein flüchtiges Lächeln umspielte die geröteten Wangen des Jungen, der aufgeregt die Blicke des Mannes zu verfolgen suchte.

Gott, dachte Sebastian, wo bist du?

Sebastian sah auf die Uhr. Es war acht Minuten nach eins. Gott verspätet sich nicht. Er war einfach in den Jungen gerannt und hatte seine Verabredung verpasst. Er hatte sich auf diese zufällige und explosive Umarmung eingelassen und seine Verabredung verpasst. Wie ablenkbar war doch der Mensch!

„Jesus, Jesus", begann Sebastian zu flüstern. Der Junge beobachtete Sebastian neugierig, schüttelte dann den Kopf und sagte: „Nein, mein Vater heißt Jonathan, unsere Familie heißt Linzmann."

Fragend sah Sebastian den Jungen an. Diese dunklen, großen Augen, dachte er, sie sind so voller Hoffnung.

„Jesus, wenn du den suchst, ist da drüben", fuhr der Junge fort und zeigte auf den Dom. Jetzt musste Sebastian doch ein wenig schmunzeln.

„Da drinnen, meinst du also?", fragte er halb im Spaß, halb im Ernst. Doch diesmal zuckte der Junge nur mit den Schultern, als wüsste er es doch nicht so genau, und dann begann er, von Neuem zu schluchzen. Sebastian seufzte und beeilte sich zu fragen: „So, Jonathan heißt dein Vater. Und wie heißt du?"

„Ich heiße Johannes", wimmerte der Junge.

„So, Johannes!", rief Sebastian. Er freute sich, dass ihm etwas eingefallen war, mit dem er den Jungen vielleicht ein wenig trösten konnte. „Das ist auch ein guter Freund von Jesus gewesen. Sogar ein sehr guter. Kennst du denn Jesus?"

Der kleine Johannes blickte Sebastian verunsichert an.

„Du kennst Jesus? Du kennst seine Freunde?", fragte er beeindruckt.

Sebastian schluckte und räusperte sich. „Ich, äh, also ich leider nicht persönlich, weißt du. Ich nicht, nein. Aber..."

Der Junge war schon wieder am Weinen und rief nach seinem Vater. Es war nichts zu machen. Johannes ließ sich nicht beruhigen. Also gut, gut, gut, dachte Sebastian und atmete noch einmal tief durch. „Also gut, Johannes, jetzt hör mal zu. Wir werden deinen Vater gemeinsam suchen. In Ordnung?"

Johannes hörte auf zu weinen und fragte: „Wie heißt du denn?"

„Oh, mein Name ist Sebastian. Und du sagst mir jetzt, wo du deinen Vater zuletzt gesehen hast."

Johannes zeigte auf den Dom.

„Da drinnen?", fragte Sebastian ermutigt. Johannes nickte. Dann war es wahrscheinlich nicht allzu schwer, seinen Vater zu finden.

„Aber warum bist denn raus gegangen?"

Der Junge zuckte wieder mit den Schultern.

„Na, dann gehen wir am besten wieder hinein und suchen ihn dort."

Noch einmal überblickten sie gemeinsam den Domplatz, der eine seinen Vater suchend, der andere nach einer unmöglichen Verabredung Ausschau haltend. Dann betraten sie den Dom. Nachdem sie die Haupttür passiert hatten, wurde es schlagartig kälter und stiller. Vor ihnen erstreckten sich hohe, breite Steinsäulen. Zur Rechten stand ein großer Holzschrein, der allerlei bunte Broschüren enthielt, umringt von diversen Hinweisschildern mit Informationen über Domführungen. Es war einigermaßen dunkel, und weit im Hintergrund sah man viele kleine, hektische Lichter von Gedenkkerzen, und noch weiter hinten, im Anschluss an das Podest mit dem Altar, baute sich wie eine gewittrige Wolkenfront die schwarze Fassade der Heilig-Rock Kapelle auf.

So, dachte Sebastian, ich werde Johannes Vater finden, das verspreche ich. Er war fest entschlossen, dieses stumme Versprechen zu erfüllen. Es schien ihm geradezu die einzige Möglichkeit zu sein, diesen Tag noch zu retten. Und es lenkte ihn, was wohl der wichtigste Grund für die bevorstehende Odyssee war, von einer viel größeren, aussichtsloseren Suche ab – der Suche nach einer Antwort auf die Frage:

Jesus, wo warst du?

Der kleine Johannes sah sich suchend um. Ebenso tat es Sebastian. Es dauerte nicht mehr als fünf Minuten, dann war ihm klar, dass sie Johannes Vater nicht ohne größere Anstrengung finden würden. Die andächtige Stille trog. Zu dieser Zeit war der Dom üppig mit Touristen gefüllt. Nach dem Vater rufen, schied von vornherein aus. Auch war der Hauptraum schon von seiner Architektur her nicht leicht zu erfassen. Überall wanden sich Steinsäulen empor, versperrten Pfeiler, Kanten, Kanzeln und Altäre die Sicht. Zudem gab es unter dem Hauptschiff mehrere frei zugängliche Krypten, außerdem einen Übergang in die angrenzende Liebfrauenkirche sowie einen geräumigen Innenhof. Kurzum, die Lage, in der sie sich befanden und die Aufgabe, die vor ihnen lag, waren nicht zu überblicken.

Johannes fing wieder an zu schluchzen und Sebastian spürte eine bedrückende Enge zwischen all den Menschen. Unter ihnen war der Vater unauffindbar.

„Sag einmal, wie lange ist dein Vater denn schon weg?", fragte Sebastian im Flüsterton. Aber Johannes zuckte nur mit den Schultern. Sebastian seufzte. Kinder lebten noch mit jener gesegneten Fähigkeit, die Zeit zu ignorieren und sich in einem niemals endenden Augenblick geborgen zu sehen.

Das Hauptschiff war bald abgesucht. Nun ging es in die Krypten und Sebastian ließ es erstaunt aber bereitwillig zu, als Johannes ihn beim Abstieg in die nur von Kerzenlicht durchbrochene Finsternis an die Hand nahm. Auch hier unten hielten sich viele Touristen auf, versuchten in dem Dämmerlicht mit ihren Fotoapparaten antike Konturen zu konservieren. Ob es ihnen wohl gelang, diesen Teil des

Doms als ausgelagerte Erinnerung auf einem Foto mit nach Hause zu nehmen? Und was würde ihnen das Foto später sagen? Nur wenige ließen sich auf ein wirkliches Erleben ein und saßen mit geschlossenen Augen regungslos auf den Bänken.

Die dünne Luft machte den beiden bald zu schaffen und sie flüchteten wieder in den Hauptraum, umrundeten noch einmal jede Säule und inspizierten jeden Winkel. Sebastian erwog, auch die Türen der Beichtkammern zu öffnen und dahinter nachzuschauen.

„Äh, kennt dein Vater auch Jesus?", fragte Sebastian, um die Wahrscheinlichkeit zu schätzen, mit der sein Vater tatsächlich auf einem der Beichtstühle seiner Sünden gedachte. Vielleicht war Johannes dabei fortgelaufen.

Die Augen des Jungen wurden groß und seine Traurigkeit, die der Verlust des Vaters mit sich gebracht hatte, verschwand für einen Moment. Aufgeregt sagte er: „Aber ja, natürlich!"

Johannes bemerkte, wie Sebastians Blick über die Beichtkammern schweifte. „Was ist das?", fragte er und zeigte auf eine der Türen mit den roten Vorhängen.

„Ich denke, man bekennt dort seine Sünden", antwortete Sebastian und kam sich im selben Augenblick hilflos und dümmlich zugleich vor. Wie um alles in der Welt soll der kleine Knirps verstehen, was Sünde ist und was „bekennen" heißt! Dabei fragte sich Herr Ziegler, und er fand es selbst verrückt, ob es vielleicht Sünde in seinem Leben gab. Wie hieß es noch? Bekenne. Tue Buße. Kehre um. Hatte er bekannt? War er bereit umzukehren? Es schauderte ihn und seine Stirn wurde heiß und kalt, als sich Bilder in die Leere seines Gedächtnisses drängten, Bilder aus seiner Jugendzeit, in der, ja war es denn wirklich möglich, in der Gott ihm nahe war. Bilder von wahrer Freundschaft. Was war nur mit ihnen geschehen? Wo war Gott jetzt?

„Ich bin hier."

Sebastian wirbelte herum. Aber es war nur Johannes. Sebastian war, ohne es zu merken und ganz in Gedanken an vergangene Bilder versunken, weitergegangen. Blind für die Gegenwart hätte er den Jungen fast verloren.

„Oh, Entschuldigung. Ich war... Ach komm, wir suchen draußen noch einmal."

Er hatte den deutlichen Eindruck, dass sie den Vater hier drinnen im Dom nicht mehr finden würden. Womöglich war der Vater auf den Gedanken gekommen, und das hatte sich ja schon längst bestätigt, dass sein Sohn hinausgelaufen war. Wäre Sebastian bei ihrer Begegnung mehr bei Sinnen gewesen, hätte er gleich auch draußen genauer gesucht. Wertvolle Zeit war vergeudet worden, weil er zu sehr mit sich selbst beschäftigt gewesen war. Sich zu wenig auf einen verlorenen Jungen einlassen konnte. Eitel gekränkt in einer enttäuschten Hoffnung, auf die kein Anspruch zu erheben war, denn es gab keine Leistung und keine gute Eigenschaft, die Gott überzeugt hätten. Es gab keine Leistungen, nur Gebäude, für die er Grundrisse zeichnete. Es gab keine gute Eigenschaft, nur einen goldgerahmten Spiegel. Die Sache war von vornherein zum Scheitern verurteilt gewesen. Und doch – er hatte Sebastian angerufen.

Verwirrt ging er zum Ausgang. Johannes ging voraus, hielt ihm die Tür auf, rannte in die Sonne. Er wirkte plötzlich befreiter. Und irgendwie kam es Sebastian so vor, als hätte sich die Situation verändert. Als sei er selbst wieder der Suchende und Johannes sein Begleiter, der ihm half. Es war irritierend. Aber die Hoffnung – obwohl sachlich unbegründet, geradezu irrational und in Hinblick auf die Uhrzeit, die mittlerweile zu viel Abstand von der vereinbarten Zeit gewonnen hatte, vollkommen zerschmettert – eben diese Hoffnung, dieses kleine, eingehüllte, wärmende Gefühl, hatte wieder Glut in ihm gefasst.

Sebastian hatte einen Verdacht. Das Sonnenlicht traf ihn, besonders nach dem längeren Aufenthalt in den dunklen Krypten, hart aber angenehm.

„Sag, was weißt du denn von Jesus?", fragte er Johannes, der mit Sebastian im Schlepptau aufgeregt über den Domfreihof lief.

Johannes blieb stehen und sah Sebastian an. Wieder waren die Angst und die Sorge um den verlorenen Vater wie weggeblasen. Ohne den Blick von Sebastian zu lassen, streckte Johannes seinen Arm aus und zeigte zurück auf den Domeingang.

Da drinnen etwa, wollte Sebastian enttäuscht fragen, das haben wir doch schon versucht. Aber dann verließ sein Blick die großen Türen und fiel auf einen Mann, der neben dem Eingang auf dem Boden kauerte. Sebastian hatte ihn bisher gar nicht bemerkt. Doch er war ihm bekannt, weil er zu jener Sorte Obdachloser gehörte, die man bei jedem Stadtbesuch mal hier, mal dort sieht. Wie oft hatte er Sebastian angesprochen und um irgendetwas gebeten, aber er hatte kein Ohr und kein Geld für ihn gehabt. Nun jedoch betrachtete er ihn eingehender. Dreckige Fetzen hingen dem Mann vom Leib und sein Blick war unterwürfig auf die Pflastersteine gerichtet, auf denen er saß. Zwei Krücken lehnten an der Kirchenmauer.

„Du... du meinst den Bettler dort am Eingang?"

Johannes nickte lächelnd.

„Bitte, das soll Jesus sein?"

Sebastians Stimme klang argwöhnischer als beabsichtigt.

„Wie kommst du darauf?", fuhr er etwas sanfter fort.

„Jesus wurde arm für uns", antwortete Johannes prompt.

Sebastian starrte den Mann in Lumpen an. Er bemerkte einige Passanten, die an dem Bettler vorübergingen und den Kopf schüttelten. Einer pöbelte den Mann sogar an. Er solle verschwinden und nicht die Türen versperren. Andere hielten Ausschau nach einem anderen Eingang zum Dom, weil es sie ekelte, an ihm vorbei zu gehen.

Aber es gab keinen anderen Eingang zu dem Gotteshaus als den, vor dem der Mann saß.

Sebastian war ergriffen. Der Mann musste auch schon vorhin dort gesessen haben, als er mit Johannes den Dom betreten hatte. Sebastian hatte ihn einfach nicht wahrgenommen.

Die Tage mussten hart für den Mann sein. Spott regnete auf ihn herab, mit Worten und in abweisenden Gesten. Für ihn gab es kein gutes Wetter und die Sonne, die den Domfreihof glanzvoll erstrahlen ließ, hatte ihm nichts zu sagen. Etwas brach entzwei. Und es geschah in Sebastians Brust.

„Papa!"

Sebastian zuckte erschrocken zusammen. Es war Johannes, der im selben Augenblick in der Menschenmenge seinen Vater gesehen haben musste. Ihn konnte niemand mehr halten. Sebastian folgte ihm eilig. Dabei fiel ihm ein Mann auf, der vom Hauptmarkt herübereilte, in beiden Händen eine große Eiswaffel balancierend. Er schien seinen Sohn in eben diesem Moment auch entdeckt zu haben. Die beiden rannten aufeinander zu und bald schon schoben sich andere Menschen zwischen sie und Sebastian, bis er die beiden aus dem Blick verloren hatte. Mit hängenden Schultern blieb er zurück.

Er war aufrichtig schockiert. Das alles war so anders verlaufen, als er erwartet hatte. Der Anruf, das Misstrauen, die Aufregung, die Pleite und schließlich Johannes. Langsam und irgendwie mechanisch, als hätte man ihn auf ein Fließband gestellt, ging Sebastian auf den Bettler zu, zog sein Portemonnaie, öffnete es und kehrte es über der ausgelegten Mütze des Bettlers um. Münzen regneten dumpf zu Boden. Dann flatterten auch ein paar Scheine hinab. Der Bettler merkte überrascht auf und starrte Sebastian durch den Geldregen hindurch an. Dann bekam er einen Hustenanfall.

„Ich bekenne dir meine Schuld", flüsterte der Architekt.

Der Bettler erwiderte lachend: „Und ich vergebe dir, Bruder!" Dann begann er, das Geld einzusammeln.

Plötzlich fasste ihn jemand um die Beine. Sebastian erschrak, aber dann erkannte er schon das vertraute Lachen von dem kleinen Johannes.

„Danke", sagte eine weitere Stimme neben ihm. Es war der Vater des Jungen. Er streckte Sebastian die Hand entgegen. Sebastian fehlten die Worte. Und als hätte Johannes das gespürt und als wollte er ihn vor der Verlegenheit bewahren, die Herrn Ziegler schlagartig befiel, hielt er ihm seine Eiswaffel entgegen.

„Hier, das schenke ich dir. Koste mal, wie gut das schmeckt."

Und irgendwie schaffte es Sebastian, die Eiswaffel und die Hand des Vaters gleichzeitig zu ergreifen. Und bei alledem kreisten seine Gedanken, und das war doch wirklich nicht zu fassen, um das Eis. Er hoffte, und ja, jetzt musste er sofort probieren, er hoffte, dass es seine Lieblingssorte, Pfefferminz, sein würde.

Es war seine Lieblingssorte. War das ein Genuss. Alles war ein Genuss.

„Ich habe zu danken!", erwiderte er dem Vater. Dann musste er sich schnell abwenden.

Zu Hause saß er an seinem Tisch, bis die Sonne untergegangen war. Er hatte nach seiner Rückkehr aus der Stadt noch einmal einen Anruf bekommen. Diesmal war er regelrecht in die Küche geflogen und hatte den Hörer an sich gerissen wie ein Kind ein lang vermisstes Spielzeug.

„Willkommen zurück, Sebastian!"

Die Kerze auf seinem Tisch flackerte honiggelb, und der Rotwein mundete so köstlich wie nie zuvor.

Die sechste Etage

Die Schlangenhaut haftete an dem Ball wie die dritten Zähne an Großmutters Kiefer, nämlich hartnäckig, und niemand wollte sie anfassen oder gar entfernen, damit das Spiel wieder aufgenommen werden konnte. Die Jungen zierten sich mit verkniffenen Mienen, die Mädchen kreischten und hüpften gämsenartig vor dem Ball davon. Einige meiner cooleren Mitschüler nahmen die Flucht der Mädchen zum Anlass, sie heldenhaft zu flankieren, aber auch von ihnen wollte niemand mit dem Natternhemd in Berührung kommen. Der Ball rollte gemächlich aus dem Schatten des Geräteraums heraus und zurück in die Halle. Mit jeder weiteren Umdrehung wickelte sich die Haut enger um den Ball und gab ein genüssliches „Flapp, Flapp" von sich. Ich hätte ebenso gut eine Handgranate in die Sporthalle werfen können – die Reaktion meiner Klasse wäre kaum anders ausgefallen.

Dann begann sich die Dunkelheit im Geräteraum zu bewegen. Etwas regte sich in dem trüben Nebel aus Kreide, Staub, Sockenfusseln und Käsefußhornhautraspeln. Etwas schälte sich heraus, wurde abgestoßen und hinausgeworfen zu den anderen. Es war ein Junge, und der Junge war ich. Verborgen im Schatten der großen Turnmatten. Dort, wo ich den Ball gefunden hatte, richtete ich mich langsam wieder auf, stellte mich breitbeinig und mit in den Hüften gestützten Fäusten wieder auf. In dem Augenblick hätte ich Clint Eastwood doubeln können. Ich lächelte. Ich trat hervor – langsam. Nachdem sich der Lärmpegel gesenkt hatte, stoppte ich den Ball und nahm ihn auf. An jenem Tag veränderte sich alles für mich. Ich bekam Respekt und Selbstvertrauen. Alles änderte sich.

Doch es blieb nicht für immer.

Zusammen mit seiner Frau betrat Georg das neue Kaufhaus in der Innenstadt. Es war der Eröffnungstag. Natürlich musste seine Frau bei so etwas dabei sein. Sie lief voran, er folgte ihr keuchend.

Zwei Jahre Bauzeit, ein Rekord. Zwei Jahre lang hatte man ehrfürchtig allen Baufahrzeugen Platz gemacht. Man fuhr Umwege, nahm dreckige Schuhe in Kauf und bemühte sich, so zu tun, als ob man den Baulärm nicht hörte, wenn man seinen Kaffee auf dem Simeonsplatz trank. Dass die Touristen, die einst die Porta Nigra sehen wollten, nun in die entgegengesetzte Richtung blickten und von dem neu entstehenden Bauwerk Fotos machten, ignorierte man mit Gleichmut. Einfache Arbeiter wurden zu Helden eines Sommers. In der Moselmetropole überstieg der Wert von Stahl und Glas den von Gold. Die Stadt, so die Presse, stand geschlossen hinter ihrem Bürgermeister und seinen Visionen.

Nichts weiter als ein Schachtelwerk aus Betonplatten, das war Georgs Meinung, der bis zum Vortag der Eröffnung gedacht hatte, dass sich das Kaufhaus noch in einer frühen Bauphase befände, da es ihm irgendwie unvollständig vorgekommen war. Tatsächlich aber, das konnte man beim näheren Herantreten erkennen, waren es gar keine Betonplatten, sondern verdunkelte Glaselemente, die durch ein spinnennetzartig verzweigtes Stahlgeflecht gehalten wurden.

Bei noch genauerer Betrachtung bemerkte man, dass sich die Glaselemente mit Solarzellen abwechselten, aus denen sich ein Großteil der im Inneren benötigten Energie speiste. Zudem, und das fand zugegebener Maßen auch Georg recht erstaunlich, war das gesamte Gebäude kugelrund. In der Zeitung hatte Georg gelesen, dass der Architekt einen Preis für sein Werk erhalten hatte. Trotzdem erinnerte ihn das Gebäude an den Todesstern des Imperiums aus Star Wars. Aber nichts anderes war das Kaufhaus letztlich ja auch, fand Georg, da von hier aus die konsumatorische Macht des Kapitalismus ausstrahlte und jeden Geldbeutel vernichtete, der sich ihm näherte.

Das Kaufhaus füllte einen vormals leerstehenden Platz in der Innenstadt, denn Leere war ein Begriff, der in der Welt radikaler Kapitalisten keine Bedeutung hatte. Das menschliche Auge musste nach ihrer Philosophie keine größeren Distanzen überblicken können als 50 Zentimeter – dies war der von ihnen errechnete Abstand der Gangmitte zu den Einkaufsregalen, der nicht überschritten werden durfte, wenn man die Aufmerksamkeit der Kunden auf die ausgestellten Produkte lenken wollte.

Natürlich gab es auch Gegenstimmen, insbesondere aus der Kulturecke. Georg hatte die Protestler mit ihren Spanholzbretterständen aufrichtig bewundert, wenngleich in seinen Augen jede Handlung gegen das Bauvorhaben so Erfolg versprechend wie ein Gärtnereibetrieb auf dem Mond war. Kultur sei in der heutigen Zeit eben kein Grundbedürfnis mehr, sagte Georg oft. Und was bei der Debatte Domblick contra Kaufrausch der entscheidende Gedanke gewesen sein mochte, war vielleicht das Motto „haben ist sein", von dem Erich Fromm die Menschen schon vor vielen Jahrzehnten eindringlich abzubringen versucht hatte, offenkundig vergeblich.

Nun stand es dort vor ihm, sechs Etagen hoch. Der Schatten, den dieses Ungetüm auf die Fußgängerzone warf, ließ einen selbst an Sommertagen frösteln. Pech für den Eisverkäufer von gegenüber.

Die Eingangsstufen vibrierten heftig und beunruhigend unter dem Getrampel der zahllosen Neugierigen, und Georg fragte sich, ob neben allen Ansprüchen an die Ästhetik auch ein weiser Gedanke an die Statik aufgewendet worden war. Sie ließen den Eingangsbereich hinter sich und trieben mit dem Strom ohne Zwischenstopp in die fünfte Etage, wo sie zwischen die Damenwäsche gespült wurden. Georg wollte sich am Arm seiner Frau festklammern, aber ihre Hände begannen wie in einer Qi Gong Übung von einem Kleidungsstück zum nächsten zu gleiten, um die Beschaffenheit des Materials zu prüfen, es zu neigen und zu wiegen, verschiedene Lichteinflüsse auf die Farben abzuschätzen, nach dem Preisschild zu suchen und gelegentlich ein Exemplar über Georgs Schultern zu werfen.

Georg ließ sich die Langeweile nicht anmerken, indem er die Rolltreppe beobachtete, die wie ein steter Wasserfall auf ihn zuströmte. Er war von Natur aus kein nervöser Mensch. Er war nicht hektisch und verabscheute Unmut und schlechte Laune. Daher vermied er es, spitze Bemerkungen zu machen und zu drängeln. Es hilft ja doch nicht, dachte Georg. So trottete er oft stundenlang hinter ihr her, ohne dass auch nur der leiseste Seufzer aus seinem Munde kam, und obwohl er wirklich nichts dabei verdiente, hatte sein Verhalten doch eine lohnenswerte Seite im Kleinen: Von Zeit zu Zeit schob ihm seine Frau einen Bonbon zwischen die Zähne, die sich im Schatten seines Lächelns bereitwillig entblößten, um den süßen Schatz aufzunehmen und genüsslich zu verarbeiten.

Ich habe mich nie beschwert, dachte Georg. Ich bin immer an ihrer Seite, immerfort lächelnd und stets bereit, zu nicken oder den Kopf zu schütteln, dabei jede Menge freie Zeit verstreichen zu lassen, Stunde um Stunde – all das ist echte Arbeit, auch wenn man es mir nicht ansieht, aber das hinter der Maske Verborgene dort zu halten und nicht zum Vorschein kommen zu lassen, ist echte Knochenarbeit.

Es kam nicht selten vor, dass Georg am Abend solcher Tage Muskelkater in den verschiedensten Körperregionen verspürte und regelmäßig unter Kopfschmerzen litt, denn die Luft in Kaufhäusern war oft schlecht, die Beleuchtung verwirrend, die Geräusche zu laut, gerade hier ein heilloses Durcheinander fremder Stimmen und klirrender Musik, die einen die Spendierhosen geschmeidig machen sollte. Georg blieb trotz allem ruhig und sachlich. Das sind die Gene meiner Mutter, dachte er. Geboren, um dem Leben mit stoischer Gelassenheit und Selbstbeherrschung zu begegnen, zurückgezogen und unscheinbar, insgesamt einfach liebenswert zu sein.

Sie gingen weiter und betraten eine Kunstrasenfläche, auf der sich Schaufensterpuppen in Bikinis rekelten. Seiner Frau konnten solche Spielereien ungeniert die Zeit stehlen. Manchmal fragte er sich, ob es nicht vielleicht doch die grauen Herren gab, die von den Menschen unablässig Zeit eintrieben. Für einen kurzen Moment dachte Georg, er hätte Momo mit ihrer Schildkröte Kassiopeia gesehen, aber dann war es nur ein kleines Mädchen mit einem Dackel, dem der Kunstrasen ebenso suspekt war wie Georg.

Das Gefühl, auf einer 1000 Quadratmeter großen Fläche ohne Zwischenwände eingesperrt zu sein, erscheint angesichts der Größe irrational, dennoch war es das, was Georg empfand. Überall wimmelte es vor Menschen.

Das stille Ertragen ist meine größte Tugend und das stärkste Band zwischen mir und meiner Frau, dachte Georg. Er erlitt einen unerwarteten Schweißausbruch, die Gesichtszüge entglitten ihm in einer peinlich enthüllenden Weise, und er dachte: hinfort. Er fühlte sich nicht mehr länger in der Lage, seinem philosophischen Vorbild Zenon nachzueifern, und von einer Sekunde auf die andere hatte er vergessen, wie die Natur, die Vernunft und Gottes Gesetz zusammenpassten. Der verstörte Blick seiner Frau ließ ihn spüren, dass er noch immer Schüler, nicht aber Beherrscher seines Lebens war. Er bemerkte das Rascheln von Bonbonpapier und die Stimme seiner Frau, wie sie mutmaßte, er sei unterzuckert. Georg winkte ab. Nein, sagte er, durch das lange Herumstehen sei ihm nur das Blut aus dem Kopf gelaufen und in die Beine gesackt. Er liefe einfach ein wenig umher. Seine Frau nickte und erwiderte, sie würde in der Zwischenzeit die DVD-Abteilung aufsuchen, weil sie sich noch einen Film mit Rob Lowe kaufen wolle. Georg stutzte. Meine sie etwa den Mädchenschwarm aus den 80er Jahren? Ja, den meine sie, sagte sie ein wenig eingeschnappt, und er sei immer noch gut. Dann war sie fort.

Georg ging zu den Rolltreppen. In Abwärtsrichtung flossen sie dahin: Menschen, Menschen, Menschen. Das war keine gute Alternative. Er schaute die Rolltreppe hinauf und war fasziniert von dem dämmrigen, leblosen Nichts, das sich dort auftat: die sechste und letzte Etage.

Dort will ich jetzt hinauf, dachte er und trat auch schon

auf die erste Stufe der Rolltreppe, da bemerkte er die vorge-
hängte Kette. Die oberste Etage schien noch nicht zugäng-
lich zu sein. Georg überlegte nicht lange, sondern hob die
Kette aus ihren Angeln, um die Rolltreppe zu Fuß hinauf zu
laufen. Ich glaube, keiner achtet auf mich, dachte Georg,
aber ich liege ja auch nicht auf einem Plastikrasen und prä-
sentiere Bikinis.

Die sechste Etage war weitgehend leer. Hier und dort,
wie Inseln inmitten eines dunklen Ozeans, erhoben sich
Berge aus Paletten mit undefinierbarer, eingeschweißter
Ware. Georg sah Metallverstrebungen, silbern schimmernde
Rohre, nackte Stützpfeiler, vor allem aber keine weiteren
Menschen. Ihm fiel auf, dass auch die Geräusche unter ihm
zurückgeblieben waren. Es war wie ein Auftauchen aus dem
Meer in der Nacht. Er konnte wieder frei durchatmen.

Die Schlangenhaut anzufassen, kostete mich keine Über-
windung. Ich war voller Tatendrang, und als ich zu den
Umkleidekabinen ging, um die Haut in den Mülleimer zu
werfen, fühlte ich mich wie Colt Seavers, der gerade im Begriff war, mit seinem coolen GMC Sierra Grande über einen
Canyon zu springen. Die Mädchen begannen wieder zu
kreischen, und als sie auf die Bänke sprangen, fand ich das
total lächerlich, denn schließlich transportierte ich ja keine
weißen Mäuse.

Ich begann die ersten stechenden Blicke der neidischen
Jungen im Nacken zu spüren, die schnell mitbekamen, dass
sie selbst uncool dastanden, weil sie vor einem Basketball
davon gehüpft waren, an dem eine Schlangenhaut geklebt
hatte. Plötzlich wollten sie auch Helden sein und begannen
über mich herzuziehen. Einer rief mir nach, ich solle ihm

die Haut zuwerfen. Er würde sich ein Armband daraus machen. Natürlich gab ich meine Trophäe nicht her. Ich war auch clever genug, meine Pläne kurzfristig zu ändern, als ich bemerkte, wie sehr die Haut begehrt wurde. Also warf ich sie nicht in den Müll, sondern ließ sie in meinem Rucksack verschwinden. Man konnte ja nicht wissen, wozu sie noch gut war.

Als ich zurück in die Halle kam, lachten nun auch einige Mädchen. Immer waren die anderen stärker als ich. Es war zum Verrücktwerden.

„He, Georg", rief ausgerechnet Tim, ein echter Blödmann, allerdings ein Blödmann mit großen Muskelpaketen, der bei den Mädchen der heißeste Jahrgangstipp war. „Du bist schon wieder auf einen meiner kleinen Scherzartikel reingefallen."

Ich musste ihn angestarrt haben wie ein Auto, weil ich es nicht fassen konnte, wie sehr es solche Typen verstanden, jede Situation zu ihren Gunsten auszunutzen. Natürlich war die Haut echt – ich war schließlich auch ihrer Vorbesitzerin im Geräteraum begegnet. Tim nutzte meine stumme Verblüffung und wendete sich wieder den Mädchen zu, und das war das Ende meiner Heldengeschichte.

'Cause I'm the unknown stuntman that made Redford such a star.

Vorerst.

Erst jetzt fiel es ihm auf, wie dunkel es war. Während das Tageslicht durch die raffinierte Fensterkonstruktion fast das gesamte Kaufhaus erhellte, waren die Glaselemente in der obersten Etage so erheblich verdunkelt, dass Georg nur mit Mühe in der Lage war, seine Umgebung zu erkennen. Feine

Staubpartikel schwebten durch das trübe Nichts. Ein seltsamer Nebel schien auf dem Boden zu stehen. Georg trat näher an eine Palette heran. Luftgepolsterte Folie umhüllte ein großes, schwarzes Ding.

Luftgepolsterte Folie.

Er lächelte unwillkürlich und beschloss, sich ein wenig gehen zu lassen. Geschickt und mit erkennbarer Routine ließ er in kurzer Reihenfolge drei Lufttaschen zwischen den Fingern platzen. Das Geräusch machte ihn auf eine merkwürdige Art traurig. Früher, an Kindergeburtstagen, liebte er die luftgepolsterten Verpackungen mindestens ebenso wie die Rennbahnen, Baukräne und Eisenbahnen, die in ihnen verborgen waren. Das Knacken der Lufttaschen war ein unverzichtbares Ritual aus seinen Kindertagen, das lange ohne Erinnerung in ihm geruht hatte.

Erst jetzt erkannte er, was da überhaupt auf der Palette stand. Es war ein Hometrainer. Er ging zu dem nächsten Gerät, ließ weitere Lufttaschen zwischen seinen Fingern explodieren. Von allen Produkten waren stets mehrere Exemplare vorrätig. Nach kurzer Sichtung weiterer Paletten kam er zu dem Schluss, dass hier die Sportabteilung eingerichtet werden sollte, in Anbetracht der Menge der Geräte vielleicht sogar ein Fitnesscenter.

Bei dem Anblick der vielen Fitnessgeräte, die sich wie die Skyline einer Stadt aus der Zukunft vor ihm erhoben, fühlte sich Georg in das exzentrische Verlies des Schlossherrn Don Nicholas Medina versetzt, dessen Pendel, von Edgar Allan Poe so eindringlich beschrieben, nur eines von vielen Gerätschaften war, mit denen Sündern der Nacken massiert wurde. Er erschauerte und wich tiefer in den Raum zurück, wo es noch stiller und dunkler war.

Ob seine Frau ihn schon suchte, schon ausrufen ließ? Er schaute auf die Uhr und war überrascht, dass sie erst vor fünf Minuten auseinandergegangen waren. Georg erinnerte sich an das Auftauchen aus dem Meer, als er die sechste Etage betreten hatte.

Wann war alles nur so anders geworden? Wieso war er überhaupt hier hergekommen, in das Dämmerlicht einer fremden Welt aus Stahl, Label-Rollen und Eisengewichten? Etwas hatte ihn hierher getrieben. Eine innere Stimme: Georg, geh' da hoch. Du brauchst Luft und du willst dieses ganze alte Leben doch schon lange nicht mehr. Erst betäubt es dich, dann vergiftet es dich. Geh schon. Nimm die Kette ab.

Was war das für eine innere Stimme, die ihn von seiner Frau wegzog, überhaupt von den Menschen und ihn in dunkle Einsamkeit stellte?

„Nicht von den Menschen, Georg, sondern von den ganzen Sachen hat dich die Stimme fortgetrieben. Das ist ein Unterschied."

Jetzt war es soweit. Die innere Stimme sprach zu ihm und er hörte sich dümmlich antworten: „Was denn für Sachen?" Die innere Stimme schwieg vielsagend und Georg meinte ein Lächeln zu vernehmen, wenn so etwas bei einer schweigenden Stimme überhaupt möglich war. Vielleicht war seine innere Stimme gar nicht so übel. Doch dann setzte sie den Satz fort: „... und von der Welt des Vergessens habe ich dich auch weggelockt." Georg zuckte zusammen und dachte an die Luftpolster. Dieser Ort war tatsächlich ein Ort, an dem Erinnerungen leichter an die Oberfläche des Bewusstseins stiegen als woanders.

„Was habe ich denn vergessen?", fragte Georg, aber es

kam keine Antwort. Stattdessen wähnte Georg plötzlich einen Schatten zwischen den Geräten, der sich auf ihn zu bewegte. Er zuckte zusammen und huschte hinter eine Palette. Sein Herz pochte ihm bis zu den Ohren. Am liebsten hätte er geschrien, doch er war sich seiner Situation nur allzu bewusst und presste die Lippen fest aufeinander. Möglich, dass die innere Stimme gar nicht von innen kam. Auch möglich, dass er in der sechsten Etage nicht allein war. Zu viele Möglichkeiten, die ihm Angst machten.

Es waren keine Schritte zu hören. Entweder schlich sich jemand auf Filzschuhen heran, oder Georg hatte sich die Bewegung nur eingebildet. Er zwang sich, noch eine volle Minute zu warten. Dann schob er seinen Kopf vorsichtig um die Ecke.

Zunächst sah er niemanden. Die Geräte bauten sich wie ein Labyrinth vor ihm auf. Dann war wieder der Schatten in sein Blickfeld gerückt. Georg erstarrte. Der Schatten, der einer menschlichen Silhouette ähnelte, bewegte sich nicht. Das Herz wollte ihm aus der Brust springen. Er überlegte. Um zur Rolltreppe zu gelangen, müsste er der Silhouette den Rücken zudrehen. Das wollte er auf keinen Fall.

Nach einer weiteren quälend langen Minute beschloss Georg, sein halbherziges Versteck aufzugeben.

Schlangen besitzen eine zweischichtige Haut. Die Unterhaut besteht aus Horn und wächst nicht mit der Schlange mit. Sie ist der Schutzpanzer der Schlange. Die Oberhaut ist die eigentliche Schlangenhaut. Da Schlangen ein Leben lang wachsen, müssen sie von Zeit zu Zeit die zu klein gewordene Oberhaut abstreifen. Die alte Haut wirkt stumpf, verblasst und trocken. Die neue Haut kommt glänzend und in voller Färbung zum Vorschein. Ich hatte das später einem Tierlexikon entnommen.

Die Schlangenhaut lag neben mir auf meinem Schreibtisch, zwischen Lateinbüchern, Zirkel und Taschenrechner. Der Häutungsvorgang, las ich weiter, markiert im Leben einer Schlange immer wieder eine grundlegende Veränderung. Noch interessanter als der technische Vorgang der Häutung erschienen mir die beschriebenen Änderungen des Verhaltens: Die Schlange wird träge und zieht sich zurück. Sie reagiert defensiv, teils nervös, teils aggressiv. Mit anderen Worten: Dem Ritual der Häutung begegnet die Schlange mit wochenlangen Depressionen.

Tim hatte mich auf dem Kieker. Ich weiß nicht, vielleicht war ich auch immer zu defensiv, habe zu viel nach unten gesehen, statt dem Blödmann in die Augen zu schauen. Im Nachhinein finde ich es traurig, dass sich die Mädchen in einem gewissen Alter so stark zu den Blödmännern dieser Welt hingezogen fühlen. Sicherlich kann man diesen seltsamen Umstand evolutionstheoretisch erklären, aber diese Mühe will ich mir jetzt nicht machen. Vielmehr gilt es zu überdenken, was nach der Sportstunde passiert ist. Was mich gerettet hat.

Als Georg sein Versteck aufgab, dachte er: Jetzt werde ich verhaftet. Ich bekomme gleich am ersten Tag Ladenverbot. „Georg!", mahnte ihn der Schatten, jetzt viel näher. Dann sanfter und ein wenig belustigt: „Ängstige dich nicht. Niemand will dich verhaften."

Georg konnte in der wabernden Dunkelheit der sechsten Etage weiterhin nur Konturen erkennen. Plötzlich löste sich aus der Kontur eine kleinere und flog auf ihn zu.

„Hier, fang auf!" Georg streckte reflexartig die Hände aus und dann machte es auch schon „fummp". Er hielt einen Basketball in den Händen, und als er ihn sich besah, stellte er fest, dass es ein gelber Basketball war. Was um alles in der Welt...

Gelbe Basketbälle, dachte Georg, die gab es damals doch nur an meiner Schule. Während er den Ball in den Händen drehte und wie ein Geduldspiel mit einem versteckten Mechanismus betrachtete, hörte er sich mit einer erstaunlich beiläufig klingenden Stimme fragen: „Wer sind Sie?"

„Du kennst mich, Georg. Wir sind uns schon einmal begegnet."

Georg traf die Erinnerung wie ein Blitz aus heiterem Himmel. Diese Stimme, dachte Georg, ja, die kenne ich. „The Rock?!"

Der Schatten lachte herzlich. Georg kam sich plötzlich sehr klein vor und schämte sich. „Ich meine, Mitch. Mitch Richmond, oder?"

„Ja, Georg, Mitch ist wieder da. Und wieder möchte er dir etwas zeigen. Du hältst es schon in den Händen. Dieses Mal, Georg, muss ich etwas gegen dein Vergessen tun."

Endlich trat er aus dem Schatten heraus. Georg erkannte den schwarzen, 196 cm großen Hünen sofort: Mitchell James Richmond, NBA-Basketballspieler, Shooting Guard, Weltklasseathlet, Georgs Idol.

Und die Erinnerung stand bereit wie ein gedeckter Tisch.

Im Jahr 1988 verfolgte Georg die olympischen Sommerspiele einzig und allein aus einem Grund: Mitch, the Rock, Richmond. Bereits zu jener Zeit galt er als einer der besten Dreier Schützen der National Basketball Association. Georg

mochte an ihm die Mischung aus athletischer Übermacht und sympathischem Auftreten, das nahezu kumpelhaft wirkte. Wie ein großer Bruder, dachte Georg oft, der selbst ein Einzelkind war. Damals war das Basketballfieber auch in Georgs Klasse ausgebrochen, nur war Georg weit entfernt davon, ein Star zu sein. Tim, der Blödmann, hatte wie in den meisten Bereichen der Schule auch in der miefigen alten Sporthalle das Sagen, hier vielleicht am ehesten sogar zu Recht, denn er war groß und stark. Wenn Georg bei der Mannschaftswahl als Vorletzter gewählt wurde, war er bereits stolz wie Oskar. Nach ihm gab es nur noch Ricky, der fast das Dreifache dessen auf die Waage brachte, was er in seinem Alter und bei seiner Größe hätte auf die Waage bringen dürfen. Paradoxerweise saß er, insbesondere wenn die Mannschaften nicht gerade aufgingen, die meiste Zeit des Sportunterrichts auf der Bank, und dem Lehrer war das völlig egal. Ricky zählte also praktisch nicht, und damit war Georg in dem Basketballsommer 1988 der Letzte seiner Klasse. Entsprechend verliefen die Sportstunden: Georg bemühte sich im Spiel mit 200 Prozent Einsatz, aber entweder bekam er keine Chancen oder er stellte sich wirklich ungeschickt an („Georg fängt die Bälle mit seiner Fresse", hatte Tim immer gesagt und es stimmte auch). Nach der Schule kaufte sich Georg Sammelbilder für sein Panini-Basketballalbum und sah sich Mitch Richmonds Spiele an.
Dann kam der Tag, an dem sich alles änderte. Es war mordsmäßig heiß, das Dach der alten Sporthalle ächzte und stöhnte unter der Sonne, und der Schweißgeruch aus einer 50jährigen Schulsportgeschichte quoll aus den Geräteräumen hervor. Georg war auf Richmonds Position, spielte aber wie immer zu defensiv. Der gelbe Ball schwirrte vor

seinen Augen, ihm war schwindelig von der Wärme und von der vorigen Doppelstunde in Physik, in der sie zum wiederholten Male erfolglos versucht hatten, mit einem merkwürdigen Versuchsaufbau die Geschwindigkeit von Licht zu messen.

Der gelbe Ball flog direkt auf ihn zu. Georg duckte sich, wieder einmal, und der Ball flog geradewegs in den Geräteraum. Alle schimpften auf Georg, der reumütig auf den Boden starrte. „Ball holen", rief der Lehrer. Georg trottete los. Dann ereignete sich die Sache mit der Schlangenhaut und Georg war sich ziemlich sicher, dass das bereits zu dem Wunder gehörte, welches sich an jenem Tag für ihn erfüllen sollte.

Zunächst fiel Georg nur der penetrante Schweißgeruch auf, der sich in all den blauen Turnmatten und ledernden Medizinbällen über die Jahre festgesetzt hatte. Widerwillig folgte er der Spur des Balles zwischen zwei Barren hindurch bis hin zu den Kästen, die an der hinteren Wand des Geräteraumes gelagert wurden. Er sah den Ball gegen einen Kasten rollen und dann zum Stehen kommen. Er verlangsamte seinen Schritt, denn hierbei konnte er wertvolle Zeit schinden, die dann für das Spiel fehlte, das sowieso wieder nur endlose Demütigungen für ihn bereithielt.

Etwas Kleines verschwand hinter dem Kasten. Georg stutzte, ließ den Ball liegen und schaute sich vorsichtig um. Er traute seinen Augen nicht. Gerade schlängelte sich eine Ringelnatter um den Kasten herum. Er erkannte die Gattung sofort an den dunklen Punkten am Körper und dem weißen Halskragen. Ihre Länge schätzte er auf einen knappen Meter. Irgendwie sah sie blass und erschöpft aus, und als sie Georg bemerkte, schaute sie ihn aus trüben, traurigen

Augen an. Das konnte er sich natürlich auch eingebildet haben, denn Georg fühlte sich selbst gerade ziemlich erschöpft und auch ein wenig verzweifelt. Wenn er gleich mit dem Ball auf das Spielfeld zurückkehrte, würden sie ihn mit den üblichen Sprüchen empfangen und er würde den Rest der Stunde keinen Ball mehr in die Hände bekommen.

Plötzlich war die Schlange weg. Sie war unter den Kasten gekrochen. Wie war die nur hier hereingekommen? Ringelnattern leben an Gewässern. Sie würde in dem muffigen Geräteraum schneller verenden als Ricky eine Rumkugel verputzen konnte. Er schaute sich um und blickte in ein Dutzend ungeduldige Augenpaare. Er beschloss, seinem Lehrer nichts von der Schlange zu erzählen. Er wollte sie nach der Stunde alleine hinausschaffen.

Als er sich nach dem Ball bückte, entdeckte er den wahrscheinlichsten Grund für die Blässe und den traurigen Blick der Ringelnatter. An dem Ball klebte die alte Haut der Schlange. Sie musste sich zum Häuten in den Geräteraum zurückgezogen haben, als sie der Ball übel erwischt hatte.

Er konnte sich den Spaß nicht verkneifen und rollte den Ball mitsamt der Schlangenhaut in die Halle hinaus. Gerade noch wunderte er sich über seine eigene Kühnheit, als die ersten kreischenden Mädchen ihm bestätigten, dass der Gag gezündet hatte. Er eilte hinterher und pflückte die Haut von dem Ball ab. Sie erschien ihm irgendwie wertvoll zu sein, und daher lief er in die Umkleidekabine (wo Ricky saß und tatsächlich eine Rumkugel in sich hineinstopfte) und legte die Haut vorsichtig in seinen Rucksack.

Georg rannte zurück in die Halle. Er sehnte sich das Ende der Stunde herbei, denn er wollte möglichst schnell zu seiner Schlange zurück.

Merkwürdig, dachte Georg, auch wenn du nur eine Schlange bist, ich fühle mit dir.

Meine Schlange war glücklicherweise nicht schneller vertrocknet als Ricky für seine Rumkugel gebraucht hatte. Sie lag sogar noch unter dem Kasten. Nun stellte sich allerdings die Frage, wie ich sie einfangen konnte. Zunächst einmal beschloss ich, die nächste Stunde zu schwänzen. In Deutsch war ich ohnehin gut genug, und Herr Winter ist einfach oberaffencool. Selbst wenn der mich erwischt, habe ich gedacht, kann ich ihm verständlich machen, weshalb es wichtiger ist, diese Schlange zu retten als Goethes Faust zu lesen. Und das würden wohl die wenigsten Deutschlehrer verstehen.

Ich beschloss, die Schlange in meiner Sporttasche zu transportieren. Wie aber sollte ich sie unter dem Kasten hervorlocken? Ich erinnerte mich, dass Ringelnattern ungefährlich sind, allerdings wollte ich nicht unter dem Kasten herumstochern und sie ängstigen oder aggressiv machen. Die Schlange erschien mir derart erschöpft, nahezu benommen, dass ich lieber vorsichtig den Kasten wegschieben wollte, bis sie automatisch zum Vorschein kam.

Ich löste die Bremsen, stellte mir vor, ich sei von einem Bombenentschärfungskommando, und schob den Kasten in einem schneckenartigen Tempo von der Stelle. Unter dem Kasten regte sich nichts. Zumindest hörte ich kein Zischeln und keine Reibung. Ich hatte keine Ahnung, wie flink oder lautlos Schlangen sein können, daher musste ich mich auf meine Intuition verlassen. Endlich sah ich den ersten Teil der Schlange. Sie hatte sich anscheinend überhaupt nicht bewegt. Vielleicht schlief sie? Als ich den Kasten weit genug weggeschoben hatte, war ich mir meiner Sache ganz sicher. Hey Mann, ich fasste die Ringelnatter einfach mit meinen bloßen Händen an. Sie ließ sich ganz problemlos in die Sporttasche schieben. Hätte sie währenddessen nicht geblinzelt, ich hätte vermutet, sie sei schon tot gewesen.

Hinter der Schule lag ein Fluss, von dem die Ringelnatter wahrscheinlich auch stammte. Also, dachte ich, jetzt bringe ich dich nach Hause.

Als ich zurück in die Halle trat, traf mich fast der Schlag. Zumindest ließ ich die Sporttasche mit der Schlange fallen. Auf der Bank saß ein schwarzer Riese und spielte mit unserem gelben Basketball. Mein erster Gedanke war: The Rock! Und mein Zweiter: Der miefige Staub im Geräteraum hat dich benebelt. Du bist stoned, Georg. Aber Mann, ich kannte Richmond aus zahlreichen Spielen und Sammelbildern, und das war er!

„Na, Georg, hast du die Schlange dort in deiner Tasche?"

„Ja klar, war gar kein Problem", antwortete ich mechanisch und mit einer ziemlich dünnen Stimme, die andeuten ließ, dass sich gleich ein kleiner Junge vor Schreck in die Hose machen würde.

„Das hast du prima gemacht."

Aus dem kleinen Jungen wurde Georg, der Stolze. Was war ich doch für eine beeinflussbare Memme.

„Hör mal zu, Georg. Ich wollte dir einen Vorschlag machen."

Bin ganz Ohr, dachte ich, bekam aber kein Wort heraus. Er musste meinen dümmlichen Gesichtsausdruck richtig gedeutet haben, denn nun sagte er mit einem freundschaftlichen Lächeln: „Ja, ich weiß, du hältst mich für Mitch Richmond. Und das ist in Ordnung. Du fragst dich, wie das sein kann, und was ein Weltklassespieler wie ich in einer alten, ranzigen Turnhalle einer drittklassigen Hinterhofschule zu suchen hat, wenn er doch gleichzeitig in Seoul gegen Rimas Kurtinaitis und sein sowjetisches Team antritt." Er legte eine bedeutungsvolle Pause ein und ich hatte das Gefühl, etwas antworten zu müssen, aber wieder fiel mir nichts ein. Ich nickte nur stumm. Er grinste verschmitzt und schnippte mit den Fingern. „Nun", begann er, „das liegt daran, dass ich andererseits auch wieder nicht Mitch Richmond bin." Wenn ich bis hierin noch nicht wie eine Schleiereule aus der Wäsche gekuckt hatte, dann tat ich es spätestens jetzt.

„Okay, Mister...", murmelte ich und hätte mich ohrfeigen können, dass ich mich plötzlich so amerikanisch gab. Aber The Rock winkte ab.

„Ah, schon gut. Hey, ich bin dein Freund, und ich will unsere Zeit nicht mit leerem Gerede verplempern. Also, so wie ich die Sache sehe, hältst du viel von mir, wenn es um Basketball geht, und wenig von dir selbst. Ich habe daher beschlossen, dir ein paar Nachhilfestunden zu geben und dich fit zu machen." In einem kurzen aber heftigen Anflug pubertierenden Größenwahns dachte ich, die NBA will mich haben, verwarf dann den Gedanken wieder, weil ich mir nicht vorstellen konnte, wie die auf mich hätten gekommen sein sollen, außer sie hätten überprüft, wer derzeit am meisten Geld für die Sammelbilder ausgibt, denn dann wäre ich ihr Junge gewesen.

„Ich schlage dir also Folgendes vor: Wir bringen jetzt deine Schlange zurück an den Fluss, und dann treffen wir uns heute Abend wieder hier, und ich zeige dir, wie man mit Distanzwürfen eine annehmbare Trefferquote erzielt. Das wird Tim überraschen, meinst du nicht auch?"

„Ja klar", war alles, was ich sagte, während mein Herz Luftsprünge machte.

Die Schlange hatten wir schnell an den Fluss gebracht und dort im Dickicht ausgesetzt. Ich verlor nicht mehr viele Gedanken an sie, wo doch Mitch Richmond darauf wartete, ja geradezu darauf zu brennen schien, mich zu trainieren. Die Haut hatte ich jedoch behalten und mit nach Hause genommen. Sie liegt noch immer auf meinem Schreibtisch. Heute denke ich, dass die Sache mit der Schlange eine Art Vorbote auf das Wunder war, und tatsächlich begann mit dem Training ein neuer Lebensabschnitt für mich, mit dem ich den alten Georg zurückließ und mich in einen neuen, selbstbewussteren Georg verwandelte.

Als ich später am Tag schwitzend und zweifelnd über den Hausaufgaben brütete (die Geheimnisse der Analysis offenbarten sich mir mit der Trägheit eines Sattelschleppers), schoss mir plötzlich durch den Kopf, dass Mitch und ich keine Uhrzeit für das Training abgemacht hatten. Jetzt war es kurz vor sechs Uhr und ich bekam Panik, dass er nicht mehr da sein würde, wenn ich mit der untergehenden Sonne an der Sporthalle eintraf. Also spurtete ich los. Meine Mutter rief mir noch hinterher, dass ich ohne Abendbrot keinen Sport machen könne. Ich hatte ihr erzählt, dass ich zu einem Training gehen wollte, hatte ihr aber verschwiegen, wer der Trainer sein würde. Dann war ich schon auf dem Fahrrad und flitzte in Richtung Schule – zugegeben mit einem aufdringlich knurrenden Magen.

Als ich an der Sporthalle eintraf, war der Schulhof verwaist, nur Richmond saß auf einer Bank und dribbelte gedankenverloren mit dem Ball. Als er mich kommen sah, erhob er sich und streckte mir eine Papiertüte entgegen.

„Hier, Georg, ohne Kraftfutter kein gutes Training."

Ich muss sagen, er hatte mich ein weiteres Mal verblüfft. Ich zog ein riesiges Thunfischsandwich aus der Tüte, murmelte ein Dankeschön und verputzte es mit wenigen Bissen. Ich war viel zu aufgeregt, um mir darüber Gedanken zu machen, wie Richmond wissen konnte, dass ich kein Abendbrot hatte.

Das Training war sensationell. Ich hatte ein wenig Angst und dachte, ich würde keinen einzigen Ball fangen, geschweige denn im Korb versenken, wenn Mitch Richmond vor mir stand. Aber er ließ mich zunächst einfach spielen und griff nur selten korrigierend in mein Spiel ein.

Wir spielten bis weit nach zehn Uhr. Die Sonne verabschiedete sich als dünner, roter Streifen am Horizont, und trotzdem klebte mir mein schweißgetränktes Hemd am Körper wie eine zweite Haut. Am nächsten Tag hatte ich den Muskelkater meines Lebens, was mich jedoch nicht davon abhielt, am Abend wieder zu meinem Spezialtraining anzutreten.

Richmond trainierte mich drei Wochen lang, jeden Abend. Jeden Abend! Ich verbrauchte zwei Hemden, die nicht mehr zu retten waren, mein Muskelkater wurde allmählich weniger, meine Muskeln wuchsen ebenso wie mein Selbstvertrauen und meine Fähigkeiten. Am Ende der dritten Woche fing Richmond den Ball plötzlich ein und trat mir mit ernster Miene gegenüber.

„So, Georg, das war es. Ich habe dir alles gezeigt, was du wissen musst und die Anlagen sind gelegt worden, so dass du es von nun an auch alleine schaffst."

Wieder starrte ich ihn wie ein Esel an. Das war eine

Sache, über die ich mir bisher keine Gedanken gemacht hatte: das Ende.

„Du musst gehen?", fragte ich zögerlich. Richmond sah mich mit seinem freundlichen Lächeln an, das ich so sehr liebte, und seufzte.

„Tja, es tut mir auch leid, denn ich habe dich wirklich gern. Du bist ein klasse Typ, und Tim steckst du jetzt mit links ein. Aber es ist an der Zeit, dass sich unsere Wege trennen."

Wie haben sich unsere Wege überhaupt gekreuzt, dachte ich, wagte es aber nicht, ihm eine solche Frage zu stellen, auf die es keine rationale Antwort geben konnte.

„Hey, ich sage dann wohl mal Danke für deine Unterstützung", sagte ich und merkte, wie sich Tränen in mir aufbauten. Was anderes gab es einfach nicht zu sagen.

„Wenn du danken willst, dann danke meinem Vater, dass er mich zu dir geschickt hat", sagte Richmond.

Als ich ihn ein weiteres Mal mit meinem dösigen Blick bedachte, hob Richmond langsam den Finger, zeigte in den Himmel und zwinkerte mir zu. Da lief es mir eiskalt den Rücken runter. Ich wusste genau, wen er meinte, und mir war auch völlig klar, wer er dann war.

Danke, betete ich und packte in dieses eine Wort alles hinein, was ich fühlte und dachte, alle Tränen, die ich vor Richmond nicht zeigen wollte und das ganze Glück, das ich empfand.

Mitch Richmond sah mich eine lange Zeit an und ein Zittern durchfuhr meinen Körper. Für einen Augenblick hatte ich das Gefühl, dass ich um mindestens fünf Zentimeter gewachsen war. Später, während ich zu Hause in meinem Zimmer saß und auf die vertrocknete Schlangenhaut auf meinem Schreibtisch starrte, beschloss ich, mich zu messen. Mann, war ich zittrig.

Es waren keine fünf Zentimeter. Es waren zehn.

„Ja, die Zeit war toll", sagte Georg im Schatten der sechsten Etage. Obwohl er es wirklich so empfand, wie er es gesagt hatte, konnte er Mitch nicht in die Augen sehen. „Ich hatte es wirklich vergessen."

Im Sommer 1988 gewann die Mannschaft um The Rock zwar nicht die Weltmeisterschaft, aber für Georg war es der Sommer, von dem Jungen in einem gewissen Alter für gewöhnlich träumten. Im Sport arbeitete er sich bis zur Pole-Position vor, was bedeutete, dass er Mannschaftskapitän wurde. Damit war für Tim die Zeit der Unterwerfung und für Ricky die Zeit der Entbehrung angebrochen, denn von da an wählte Georg die beiden stets in seine Mannschaft – Tim, weil er einfach gut war (wenn er auch ein Blödmann blieb), und Ricky, um dem Spiel die nötige Spannung zu verleihen (auch er blieb trotzdem bis zum Ende der Schulzeit immer fett). Plötzlich begannen sich die Mädchen für ihn zu interessieren. Dennoch blieb Georg immer schüchtern und zurückhaltend, was ihn in den Augen der Mädchen nur noch interessanter zu machen schien. Das alles war verwirrend, aber in einem positiven Sinne, etwa wie Milchreiseis mit Rotweinsorbet.

Er dankte Gott jeden Abend dafür.

„Georg, wieso hast du es vergessen?"

Mitch in der Dunkelheit. Auch wenn sein richtiger Name vielleicht nicht Mitch war, konnte Georg ihn sich nur so vorstellen. Er traute sich nicht, seinen wahren Namen auszusprechen, nicht einmal ihn zu denken. Zu viele Fragen waren damit verbunden. Zu viele gefährliche Antworten lauerten im Halbdunkel unter der Kuppel des Kaufhauses.

„Georg, wieso?", insistierte Mitch sanft.

Tja, wieso. Mitch hatte ihm in jenem Sommer alles geschenkt, was er brauchte und Georg hatte Gott jeden Abend dafür gedankt. Er hatte mit der Zeit gelernt, ihm auch für andere Dinge zu danken. Für gute Noten (besonders in Mathematik), für das neue Fahrrad, das er zum Geburtstag bekam, und für die Mädchen, die in der Tanzschule mit ihm tanzen wollten. Besonders für ein Mädchen hatte er viel zu danken: Lea mit den haselnussbraunen Augen.

„Ich, ich weiß es nicht", antwortete Georg, fand sich aber selbst nicht sehr überzeugend. Mitch schien Georgs magere Antwort ebenfalls keine Reaktion Wert zu sein, und so senkte sich die unangenehme Stille, die zu Georgs Lasten ging, erneut wie ein Spinnennetz auf sie nieder.

Es war ein wirklich heißer August gewesen. Mit Lea den ersten Kuss erlebt, die Fat Boys für „The Twist" geliebt, der sowjetischen Basketballmannschaft den Triumph in Seoul gegönnt, und während Sylvester Stallone es zum dritten Mal als Rambo in den Kinosälen krachen ließ, wurden Menschen von Bankräubern auf deutschen Autobahnen erschossen, Rammstein ging in Flammen auf und Steffi Graf gewann im Tennis alle vier Grand-Slam-Turniere des Jahres und das Olympia-Turnier. Yes, I'm the lonely stuntman that made a lover out of Burt. Für ihn brach die Welt erst entzwei, als Lea ihm sagte, dass sie in die Schweiz in ein Internat gehen würde. Die drei Monate, die sie zusammen waren, fielen auf einen Schlag wie ein Kartenhäuschen zusammen. Für einen Jungen in seinem Alter und im Jahr 1988 war die Schweiz genauso unerreichbar wie der Mond. Alles, was er jemals haben wollte, was er jemals erleben wollte, all das hielt er in seinen Armen, und nun wurde es ihm entrissen. Einfach so.

Sie sollten sich noch einmal sehen. Es war ein kurzes und schweigsames Treffen in ihrem Elternhaus. Der Vater kochte ihnen Tee, die Mutter hatte einen Kuchen gebacken. Fast hatte Georg den Eindruck, man feiere etwas Besonderes. Natürlich wollten die Eltern ihnen den Abschied erleichtern, aber es war ein grausames Fest. Ein Fest der wütenden Stille.

An jenem Abend dankte Georg seinem Gott nicht wie gewöhnlich im Gebet. An jenem Abend flehte er ihn rasend unter Tränen an: Gott, bitte, wenn es dich wirklich gibt, dann lass sie mir, nimm sie mir nicht fort.

BITTE!

Georg sah Lea nie wieder.

„Du hast mich..." Georg atmete schwer. Er musste gegen Tränen ankämpfen. Unwillkürlich ballte er seine Hände zu Fäusten. „Du hast mich..." Aus den Augenwinkeln sah Georg, das Richmond noch immer vor ihm stand wie eine Statue aus Granit – unveränderlich und unverrückbar. Er war der große Shooting Guard. Er würde warten, bis Georg ihm eine Antwort gab.

Der alte Zorn begann in ihm zu brodeln. Ein Ächzen entfuhr ihm und er biss sich auf die Lippen. Bei all der aufgestauten Wut hatte Georg nicht vergessen, wer vor ihm stand, und die Unmengen an Schimpfwörtern und Flüchen, die ihm gerade durch den Kopf gingen, wollte er doch lieber herunterschlucken als sie Mitch an den Kopf zu knallen. Denn offensichtlich gab es ihn ja immer noch. Er war wieder da. Es war nicht zu fassen. Was für ein Comeback. The

Rock, der Shooting Guard der NBA, war zu Georg zurück-
gekommen, um etwas gegen sein Vergessen zu unternehmen und ihm wieder einmal den gelben Ball zuzuspielen.
Das war bis zur Unerträglichkeit verrückt. Georg wünschte
sich, er könnte all die Jahre zurückdrehen, einfach wieder in
das Jahr 1988 spazieren, und seinen alten Platz im Spiel
einnehmen. Er wäre dann ganz sicherlich nicht hinter dem
Ball hergerannt, und er hätte die Schlangenhaut nie entdeckt
und Mitch Richmond wäre nie aufgetaucht.

„Georg, sage es mir. Du musst es mir sagen. Sonst wirst
du es niemals loswerden und dich bis in die Ewigkeit hinter
Regalen und Wänden verstecken. Bitte, Georg, sage es mir.“

„Ich... ich kann es nicht“, zischelte Georg durch seine
fest aufeinandergepressten Zähne. Er hatte sich hinter eines
der riesigen Pakete zurückgezogen und seine Hände schüt-
zend vor das Gesicht gelegt.

Richmond blieb beharrlich.

„Ich bin dein Freund. Ich bin dein Bruder. Bitte, Georg,
teile deinen Schmerz mit mir.“

Er lockte ihn. Oh, er lockte ihn mit der süßen Speise der
Bruderliebe und der Vergebung. Georg hatte keine Wahl.
Die Finsternis der sechsten Etage würde ihn nicht länger
verbergen können. Mein Gott, was hatte er sich nur dabei
gedacht. Er stand vor dem Sohn Gottes!

„Aber du bist in erster Linie doch ein König“, flüsterte
Georg zitternd. Er hatte ihn all die Jahre geleugnet, und nun
war er trotzdem wieder da.

„Georg, ich sehe dich an. Nun sieh du mich auch an. In
diesem Moment sind wir Brüder.“

Georg kroch hinter dem Paket hervor.

Mitch fuhr fort: „Du hast mich... was habe ich dich?“

So leise, dass er sich selbst nicht verstehen konnte, antwortete Georg: „Du hast mich hängen lassen. Oh mein Gott, verzeihe mir."

„Georg, ich verzeihe dir ja. Aber sag mir bitte, wieso ich dich habe hängen lassen."

„Lea...", krächzte Georg, dem Tränen und Schnotter über das Gesicht liefen.

„Georg, hast du eine Frau?"

„Ja."

„Liebst du sie?"

„Ja."

„Und habe ich dich damals vor dem Spott deiner Mitschüler bewahrt?"

„Ja."

„Und hattest du den schönsten Sommer deines Lebens?"

„Ja, Gott, ja! Aber es war auch der Schrecklichste. Du hast mir Lea genommen."

„Du hast dir deinen Glauben selbst genommen, und Lea war nur ein günstiger Anlass dafür. Ist es nicht so, Georg?"

„Was?"

„Ich habe dich drei Wochen lang trainiert und wie viele Spiele hattest du von da an verloren?"

„Nicht ein einziges."

„Du hättest Profibasketballer werden können. Und drei Monate später soll ich dir Lea lassen, wenn – wie du gebetet hast – es mich wirklich gibt? Wie passt das zusammen?"

„Ich weiß es nicht."

„Georg. Bruder! Es ist eine alte menschliche Schwäche, dass sich Gott immer wieder vor euch beweisen soll. Ständig wollt ihr Zeichen sehen, Heilungen erfahren, Wunder erleben, die Theorien der Theologen soll man mit fundamentalen Argumenten entkräften. Ihr habt eine Tendenz in euch, Gott permanent leugnen zu wollen, weil ihr meint, es ginge euch dann besser."

„Naja..."

„Siehst du. Hast du nicht alles, was du brauchst?"

„Ja doch. Ja. Ich war vielleicht nicht ganz fair dir gegenüber. Da hast du schon Recht. Du hast viel für mich getan."

„Und ich bin da, um es weiterhin zu tun, wenn du es willst."

Georg versank in den Worten, aber noch war die Finsternis da, diese allumfassende Orientierungslosigkeit.

Mitch fuhr fort: „Ich kenne es gar nicht anders von euch, und ich habe Verständnis dafür. Früher, in meinem ersten Team, gab es jemanden, der hieß Petrus, der war genauso wie du."

„Deinem ersten Team?"

„Meine Jünger meine ich."

„Ach so. Der Petrus. Ja, ich glaube, ich weiß, was du meinst. Hat Stein und Bein geschworen, dass er dich niemals verleugnen würde..."

„... und hat es dennoch getan!"

„Obwohl er all diese Wunder aus der Bibel hautnah miterlebt hat. Was habe ich den Kerl beneidet."

„Und, hat es Petrus genützt? Hätte es dir etwas genützt, dabei gewesen zu sein? Würdest du dann heute mehr oder stärker glauben?"

„Okay, Botschaft verstanden, Mitch." Georg atmete tief durch. Allmählich fiel die Anspannung von ihm ab, und Mitch wurde einfach wieder nur zu Mitch, der ihm das Basketballspielen beigebracht hatte.

„Also, wo stehen wir jetzt, Georg?"

„Du bist extra wegen mir hierhergekommen?"

„Ich habe immer auf dich gewartet, und du bist nun zu mir gekommen. Vergiss das nicht." Georg dachte daran, wie ihn eine unbestimmte Sehnsucht die Rolltreppe hinauf gezogen hatte. Diese Sehnsucht hatte nun einen Ursprung.

„All die Jahre habe ich gedacht, Lea würde mir fehlen. Aber im Grunde hast du mir gefehlt. Ich war so allein."

„Die Menschen vergessen mich zu schnell. So war es auch bei Petrus."

„Du hast mich an dich erinnert. Ich danke dir."

„Und wie geht nun weiter, Georg?"

„Tja, ich wünschte, ich könnte die Zeit zurückdrehen und noch einmal im Sommer 1988 starten."

„Meinst du das im Ernst?" Mitch Richmond starrte Georg verwundert an. Das fand Georg toll: Obwohl er der Sohn Gottes war, konnten ihn die Menschen anscheinend immer noch überraschen.

Als Georg schwieg, sagte Mitch schließlich: „Na gut, dann gehe." Er zeigte zu der Rolltreppe.

„Ehrlich? Das geht?" Jetzt war Georg überrascht.

„Du kannst wieder ganz von vorne anfangen, wenn du möchtest", sagte Mitch und lächelte Georg mit funkelnden Augen an.

„Na gut, dann ganz von vorne. Dieses Mal mache ich alles richtig."

„Bitte sehr." Mitch zeigte noch einmal zu der Rolltreppe.

Georg ging auf die Rolltreppe zu. Sein Herz schlug höher, als er das Band der Rolltreppe betrat. Es setzte sich umgehend in Bewegung und Georg verließ die Dunkelheit der sechsten Etage.

Es war nicht die fünfte Etage, in der die Rolltreppe

endete. Es war auch nicht das Jahr 1988. Zumindest nahm Georg das an.

Es war etwas ganz anderes.

Es war ein Gebirgstal. Georg fand sich auf einer Wiese wieder, die von zahlreichen Bergketten umrundet war. Die Wiese maß bestimmt ein Dutzend Fußballfelder. Die Luft war rein und er hörte Vögel zwitschern und Bienen summen. Der Himmel war wolkenlos blau.

Er drehte sich um, die Rolltreppe war noch da. Irgendwo oben im Himmel war ein schwarzer rechteckiger Ausschnitt zu sehen, in dem die Rolltreppe zur sechsten Etage verschwand.

Das ist doch nicht zu fassen, dachte Georg. Das versteht er also unter „von ganz vorne anfangen"?

„So ist es, Georg", rief Mitch Richmond, der auf allen Vieren kniete und durch das schwarze Rechteck im Himmel zu Georg herabsah.

„Aber was soll ich denn hier tun?", fragte Georg, der sich keinen Reim darauf machen konnte, was mit ihm passiert war.

„Na, sieh dich doch mal um. Fällt dir denn gar nichts ein?", fragte Mitch. Georg sah sich um. Die Wiese wäre perfekt für Nutztiere, aber er sah keine. Bewohner schien es auch keine zu geben. Keine Straßen oder Gehwege, nichts deutete darauf hin, dass es außer Georg noch jemanden in diesem Tal gab.

„Was ist das?", rief er unsicher nach oben.

„Dein Leben. Ganz von vorne, noch unbestellt, Tabula rasa, wie gewünscht. Du kannst es von nun an nach Lust und Laune bearbeiten, so wie du es möchtest"

Georg konnte sich ein Grunzen nicht verkneifen. Der Gottessohn hatte ihn etwas zu wörtlich genommen.

„Ach ja, Georg, tritt mal zur Seite. Ich habe noch was für dich." Georg hatte gerade noch Zeit, einen Haken zu schlagen, bevor eine Axt und eine Hacke vom Himmel fielen.

„Das dürfte dir den Einstieg in den Hüttenbau und die Kartoffelzucht erleichtern."

„Das meinst du doch nicht wirklich ernst?", fragte Georg ungläubig. Da bekam Mitch einen kräftigen Lachanfall. Allmählich beschlich Georg wieder seine alte Verzweiflung.

„Ach, Georg, du starrst in die Gegend wie ein Esel. Vielleicht habe ich ein wenig übertrieben. Aber du hast mir eine so schöne Vorlage gegeben. Ich konnte einfach nicht anders."

Wow, der Weltenerschaffer, der Herr des Universums, lässt gerade mal ein Gebirgstal entstehen – aus Spaß! Und auf Kosten eines seiner Geschöpfe. Das ist ein starkes Stück, dachte Georg, der es nicht fassen konnte, dass er vom Gottessohn derart auf die Schippe genommen worden war.

„Ja, aber...", setzte Georg an und wusste dann weiter. Was konnte er dazu sagen?

Mitch Richmond verfiel in ein herzliches Lachen. „Nein, Georg, ich meine es natürlich nicht ernst. Die Zeit verläuft immer noch linear, und zwar in eine Richtung. Die Vergangenheit spielt nur noch eine geringe Rolle für dich. Hände an den Pflug und nach vorne geblickt. Das habe ich auch früher schon immer gesagt."

Georg nickte. Er hob das Werkzeug auf, betrachtete es eine Weile, wog es in den Händen und schüttelte dann lächelnd den Kopf. Mitch fuhr fort: „Ich bin immer an deiner

Seite, Mann, ob du mich siehst oder nicht. Manchmal vergessen das die Menschen. Georg, wenn du voranschreiten willst, musst du nach vorne blicken. Ich versichere dir, dass ich dir Lea nicht genommen habe. Ich verstehe, dass es von deiner Seite so ausgesehen haben muss, und ich verzeihe dir deinen Zorn. So wie die Zeit immer nach vorne schreitet und niemals zurück, so entwickelt sich der Mensch ein ganzes Leben lang weiter und niemals zurück. Von der Geburt an bis zum Tod seid ihr im Begriff zu wachsen, und danach werdet ihr noch größer. Ich habe dir meinen Geist geschenkt und wenn du irgendwann auf meiner Seite der Geschichte stehst, wirst du die größeren Zusammenhänge verstehen."

„Du meinst nach dem Tod?"

„Ja, genau. Du warst nicht für Lea bestimmt."

„Okay, ich versuche das irgendwann zu verstehen", sagte Georg mit wenig Zuversicht.

„Die Entwicklung des Menschen erfolgt in Abschnitten. Sie sind durch Übergangsphasen gekennzeichnet, die besondere Herausforderungen an euch stellen, nämlich die Akzeptanz des Gewesenen und das Weiterleben in dem nächsten Abschnitt. Übergangsphasen können eine Heirat sein, wenn der Mann zum Ehemann und die Frau zur Ehefrau wird, oder die Geburt eines Kindes, wenn der Mann zum Vater und die Frau zur Mutter wird. Es kann auch der Tod eines Freundes oder der Eltern sein, der euch in einen nächsten Lebensabschnitt treibt. Ihr lebt von Abschnitt zu Abschnitt, und ihr müsst die Übergänge akzeptieren, indem ihr eure alte Haut abstreift und nicht mehr auf euer früheres Leben zurückblickt. Kommt dir das bekannt vor, Georg?"

Georg nickte zum Himmel und Mitch nickte zufrieden

zurück. Er benahm sich gerade schon wieder wie ein Trainer, und das war die beste Art, auf die Georg die Worte annehmen konnte.

„Also, Georg, du befindest dich gerade in so einer Übergangsphase und ich stelle dir die Wahl: Entweder du verharrst im Hier und Jetzt und beginnst schleunigst damit, den Boden zu bearbeiten, damit du rechtzeitig vor dem Winter noch eine kleine Ernte einfahren kannst. Dies ist nämlich der ideale Ort, um zu verharren, findest du nicht?"

„Doch, ja."

„Oder du siehst zu, dass du zu deiner Frau kommst und fängst umgehend an, deinen neuen Lebensabschnitt zu gestalten."

Kaum hatte Mitch zu Ende gesprochen, verschloss sich das schwarze Rechteck im Himmel wie eine Dachbodenluke. Die Rolltreppe war verschwunden und Georg war allein. In dieser Welt war er der einzige Mensch.

Augenblicklich überkam ihn Panik. E hatte sich längst entschieden. Natürlich wollte er zu seiner Frau zurück, aber sein Leben würde von nun an etwas anders weiterlaufen. Eigentlich hatte Georg gedacht, dass Mitch ihn irgendwie wieder von hier fortschaffen würde, aber plötzlich war er selbst fort. Er sah sich um und sah überall nichts anderes als Gras und Berge.

Aber das stimmte nicht ganz. Im Gegensatz zum Anfang, als Georg sich das erste Mal umgesehen hatte, sah er am anderen Ende des Tales ein kleines Häuschen. Zumindest nahm er an, dass es sich um ein kleines Gebäude handelte. Seine Konturen wirkten zu gerade und symmetrisch, als dass es sich um eine natürliche Felsformation handeln konnte. Er überlegte nicht lange und marschierte los. Das Werkzeug, das er immer noch in den Händen hielt, ließ er fallen. Auch wenn dort drüben nichts war, und Mitch ihn tatsächlich in dieser Welt allein zurückgelassen hatte, wollte er es nicht mehr in die Hände nehmen, denn er hatte sich für ein anderes Leben entschieden.

Er war bereits eine Viertelstunde zu dem gebäudeartigen Objekt unterwegs, als er erkennen konnte, dass es sich um einen kleinen Unterstand handelte. Darunter saß jemand auf einer Bank. Georg lief schneller und benötigte eine weitere Viertelstunde, bis er den Unterstand erreichte.

„Mitch Richmond. Was bin ich froh."

„Ja, ich habe gehofft, dich hier anzutreffen."

Mitch stand auf und streckte Georg erfreut die Hand zum Gruß entgegen. Georg zögerte einen kurzen Moment, dann ergriff er die Hand beherzt, und alle Finsternis und Orientierungslosigkeit war verflogen. Dieser Mann ist reines Licht und pure Energie, dachte Georg erschrocken. Hinter Mitch sah er eine Rolltreppe in der Erde verschwinden.

„Da geht es runter", sagte Mitch und nickte Georg aufmunternd zu. Georg war ein wenig verlegen. Sollte man den Gottessohn zum Abschied umarmen?

„Es gibt keinen Abschied, Georg. Aber ich möchte dich trotzdem in die Arme nehmen", sagte Mitch und hatte Georg bereits an die stämmige Brust gedrückt. Wieder flackerte Licht in ihm und um ihn herum auf, als sei er in die Sonne gestürzt. Fast fühlte es sich an, als bekäme man keine Luft mehr, bis Georg bemerkte, dass es ein Wind war, der durch seinen Körper zog und dabei jede einzelne Zelle erfrischte.

„Wow, ich fühle mich... ausgeruht."

„So soll es sein. Grüß bitte deine Frau von mir."

Es war nun an der Zeit, wieder einmal eine Rolltreppe zu betreten. Georg tat es, und dieses Mal führte sie tatsächlich hinab in die fünfte Etage.

Der grüne Kunstrasen lag mitsamt seinen Bikinidamen aus Plastik da wie er ihn verlassen hatte (der Dackel war allerdings fort), auch die Verkäuferstimmen waren wieder zu hören und das vertraute Durcheinander des Eröffnungstages hatte ihn zurück.

„Da bist du ja. Meine Güte, du siehst ja immer noch kreidebleich aus. Du bekommst gleich einmal einen Traubenzucker. Wo bist du denn gewesen?"

Er hatte keine Ahnung, wie lange er fort gewesen war. Dennoch wehrte Georg ab. „Nein, damit ist Schluss. Keine Traubenzucker oder andere Bonbons mehr. Ja, bleich bin ich vielleicht. Aber das liegt einfach an diesem Ort. Es ist nicht der richtige Ort für uns, Baby."

„Du nennst mich bitteschön wie?"

„Och, ich habe noch ganz anderes auf Lager, aber vorher zu deiner Frage, wo ich gewesen bin. Die Frage müsste lauten, wo ich nicht gewesen bin, wo ich die ganzen Jahre nicht gewesen bin. Und genau dahin gehen wir jetzt."

Seine Frau verstand nicht, worauf Georg hinaus wollte und sah ihn besorgt an.

„Immerhin hast du schon wieder Farbe im Gesicht, Schnucki."

Georg lächelte. Damit hatte sich seine Frau für das „Baby" revanchiert. Alles schien sich in die richtige Richtung zu entwickeln. Und wie auch nicht, da er doch wusste, dass Mitch Richmond, der ihm vor langer Zeit das Basketballspielen beigebracht hatte, immer noch in seiner Nähe war!

„Als Erstes werden wir diesen Laden verlassen. Dann gehen wir zu unserem Auto und fahren so weit wie möglich weg von dieser Stadt."

Er entdeckte ein Glitzern in den Augen seiner Frau. Die Initiative schien ihr zu gefallen.

„Und wo fahren wir hin?"

„Ich weiß noch nicht genau. Mir schwebt etwas vor mit viel Natur und wenig Menschen, gute Luft und einen schönen Ausblick, wenn es geht, auf die Mosel. Die Hauptsache ist dabei, dass wir zusammen sind, und niemand mehr zwischen uns steht oder uns auf vier Beinen vor die Füße läuft. Vielleicht ein paar Weinberge, in denen wir wandern können..."

„Cochem."

„Cochem?"

„Ja, da soll es hingehen. Es erfüllt alle deine Kriterien."

„Okay, ich bin mehr als einverstanden", rief Georg und umarmte seine Frau beim Hinausgehen.

Später, während der Autofahrt sagten sie nicht viel. Georg hatte selten ein tieferes Glück empfunden als in diesem Moment.

In den Weinbergen gingen sie eng umschlungen wie zwei Teenager. Die Welt und das Leben gehörte ihnen. Georg spürte, wie er Schritt für Schritt den Ballast seines früheren Lebens hinter sich ließ. Er würde seiner Frau bald von Mitch Richmond erzählen. Vielleicht bei der übernächsten Weinrebe schon. Wer konnte es wissen? Sie musste es erfahren, dass ihr gemeinsames Leben von jemandem geführt und beschützt wurde, der über allem stand und dadurch die Dinge besser einzuschätzen wusste, als er es selbst jemals könnte. Er würde es seiner Frau gleich erzählen. Noch ein Sonnenstrahl, ein Schritt.

„Nein, das kann nicht sein." Georgs Frau erstarrte. Fragend blieb auch er stehen.

„Was hast du denn?"

„Das geht nicht. Georg, kneif mich."

„Ach was. Was ist denn nur? Du siehst aus, als hättest du einen Geist gesehen."

„Vielleicht ist es einer. Siehst du ihn auch?" Sie zeigte in die Weinberge hinein, und tatsächlich stand dort in einer kurzen Entfernung ein Mann und beobachtete sie. Er trug eine schwarze Lederjacke und eine blaue Jeans.

„Der kommt mir irgendwie bekannt vor. Kennen wir den?"

„Also, ich kenne ihn gut."

„Wer ist es denn? Siehst du, er kommt schon auf uns zu. Jetzt winkt er. Sag mir bitte schnell, wer es ist, damit ich gleich nicht dumm dastehe."

Der Mann schien sich lediglich für seine Frau zu interessieren. Schließlich standen sie sich gegenüber und der Mann streckte seiner Frau die Hand zum Gruß entgegen. Georg musste sie stützen, so zittrig war sie.

„Hallo, Birte."

„Hallo, Rob."

In Georgs Gehirnwindungen funkten ein paar Neuronen und formten eine vertraute, aber völlig unwahrscheinliche Assoziation. Doch er war sich sehr sicher, dass er nun wusste, woher er den Mann kannte.

„Rob Lowe? Der Filmstar aus den 80ern!"

Seine Frau nickte stumm. Der Mann wandte sich an Georg: „Hallo Georg. Ich bin wegen deiner Frau gekommen. Ich muss sie an etwas erinnern. Ach ja", er zwinkerte Georg verschwörerisch zu. „Ich soll dich ganz herzlich von Mitch grüßen."

„Danke", antwortete Georg, der sich gerade fragte, ob er selbst in einer Art Film gelandet war. Seine Frau fragte: „Du kennst Rob Lowe von früher?"

„Ja, Georg, ich kenne Rob. Wir haben uns einmal getroffen. Es muss so um das Jahr 1986 gewesen sein."

„1987 war es", korrigierte Rob mit einer heiteren Stimme, die Georg sehr an die Stimme von Mitch erinnerte. „Georg, ich darf mich doch kurz einmal mit Birte unterhalten?"

„Nur zu, ich..." Georg zögerte, war sich einen kurzen Moment unsicher, aber dieser Moment löste sich auf, sobald er den Mann ansah, den seine Frau „Rob" nannte, und der so gar nicht in diese Weinberge hineinpasste. „Ich wollte ihr sowieso von dir erzählen."

Rob verneigte sich vor Georg und sagte dann zu Birte: „Komm, lass uns ein kleines Stück ohne Georg gehen. Ich muss dich an etwas erinnern, das du schon lange vergessen hast. Es ist sehr wichtig, dass du dich erinnerst."

Hand in Hand verschwanden sie zwischen den Weinhängen. Georg sah ihnen lange nach, doch schließlich waren sie aus seinem Blickfeld verschwunden.

Georg steuerte eine nahegelegene Bank an und ließ sich darauf nieder. Mit dem Blick auf den Horizont gerichtet begann er auf seine Frau warten. Er wusste, dass es noch einmal anders werden würde, wenn sie zurückkam.

Eine greifbare Form der Ewigkeit

Mama, Papa, ich habe Jesus gesehen, ich habe Jesus gesehen, rief Ben, während er sich quer über den Piazza San Marco durch die Horden von orientierungslosen Touristen und flatternden Tauben seinen Weg bahnte.

Was soll das bedeuten, dachte Karen und setzte ihre Teetasse ab, um sich nach ihrem Sohn umzusehen. Sie stieß ihren Mann an, der mit einem kleinen Löffel unablässig seine heiße Schokolade umrührte und konzentriert der fröhlich überdrehten Musik lauschte, die drei Männer unter einer weißen Markise vor dem Café zum Besten gaben. Sie hielt kurz inne. So oft wurde sie nicht schlau aus Bens Papa. Trotz der Hitze hatte er darauf bestanden, heiße Schokolade und Tee genau in diesem Café zu trinken, weil das vor ihnen auch schon der alte Goethe getan hatte. Diese Art von Argumentation hatte ihr noch nie einleuchten wollen, und einen unter der heißen venezianischen Sonne schwitzenden Goethe konnte sie sich auch nicht vorstellen. Überhaupt war ihr Mann immer so verkopft, und wieder einmal wusste sie nicht, ob er gerade über irgendein philosophisches Problem nachdachte oder einfach nur die Musik genoss. Geld soll uns hier einmal nicht wichtig sein, hatte er gesagt. Also bemühte sie sich, die Musik und den Tee zu genießen.

Es war auch wirklich schön. Venedig war tatsächlich so unwiderstehlich, wie es die Reiseführer angepriesen hatten, und vielleicht brachte dieser Urlaub ihre Ehe tatsächlich wieder in Schwung. Gerade stimmten die gut gelaunten Musiker, die für die Gäste immer ein paar kesse Sprüche in ihrer wohlklingenden Sprache auf Lager hatten, Il piccione di San Marco an, die Tauben von San Marco, eine Polka aus der Operette Una notte a Venezia, und zu so einer Nacht gehörten nun einmal auch die Tauben vom Markusplatz, die ebenso berühmt waren wie das Café Florian, wenn auch ungleich berüchtigter und gefürchteter. Denn Venedigs Tauben beanspruchten den Piazza San Marco ganz für sich und machten keinen Hehl daraus. Kamen ihnen Touristen in die Quere, dann mussten sie entweder Futter geben oder möglichst schnell weitergehen, besser aber noch, den Platz verlassen. Einige schienen diese kleinen Biester so sehr zu mögen, dass sie sich bei einem der vielen Futterverkäufer für einen Euro Taubenfutter besorgten, sich das Zeug in die Hände kippten und sich mit ausgebreiteten Armen todesmutig auf den Platz stellten. Was dann geschah, das sah für Karen immer aus wie die Szene aus einem Hitchcock-Film, denn stellte sich ein Tourist auf jene Weise den stolzen Tauben zur Verfügung, war er in nur wenigen Augenblicken vollkommen von den Vögeln bedeckt. Dann strömten die Menschen herbei, zückten ihre Kameras und schossen eifrig Fotos, zu denen sie später erzählen würden, in Venedig, da sei schon was los. Man sollte es nicht meinen, aber sie hatte gelesen, dass die Taubenfutterverkäufer mit ihren ramponierten Holzwägelchen im Schnitt ganze sieben Familien durch das umstrittene Geschäft ernährten, so dass man schnell in ein moralisches Dilemma geriet, wenn man die Gegenwart von Tauben geringschätzte.

Ben schlängelte sich hastig an den vielen kleinen Tischen des Cafés vorbei, um zu seinen Eltern zu gelangen. Er hatte einen hochroten Kopf und war völlig verschwitzt. Kein Wunder, dachte Karen, bei diesen Temperaturen. Und das, obwohl es schon später Nachmittag war und vom Canale di San Marco her ein erstes laues Lüftchen in die Stadt hineinzuziehen begann – lau, nicht kühl, denn kühle Luft schien es in Venedig nicht zu geben, zumindest nicht im August. Unwillkürlich bemerkte sie die nassen Flecken auf dem Hemd ihres Mannes. Nur vom Sitzen und Musikhören. Und den Pfunden, die zu viel waren. Er lächelte selig vor sich hin und wippte leicht mit dem Kopf zum Takt der Taubenpolka. So sieht er fast selbst aus wie eine Taube, dachte Karen belustigt.

Ich habe Jesus gesehen, Mama, rief Ben aufgeregt und sah sie mit der aufgewühlten Hilflosigkeit eines Kindes an, das unbedingt etwas erzählen will und nicht weiß, wie es erzählt werden kann.

Sie lächelte ihren Sohn an und seufzte. Ben war vor zwei Monaten dreizehn Jahre alt geworden. Sie würden nicht mehr viele gemeinsame Familienreisen unternehmen. Bald würde es Ben unangenehm sein, an Mamas Hand durch fremde Städte zu laufen oder sich von Mama am Strand mit Sonnenmilch eincremen zu lassen. Seine Abnabelung hatte bereits begonnen, und trotz des Schmerzes, den es hervorrief, wusste sie, dass es ihre Aufgabe war, Ben auf die Einsamkeit der Welt vorzubereiten. Daher hatten sie vereinbart, dass Ben in diesem Urlaub für gewisse Zeiten und innerhalb eines festgelegten Bereichs alleine auf Streifzug durch die Stadt gehen durfte. Als Treffpunkt galt meistens eine bestimmte Brücke, je nachdem wo sie gerade waren. Es tat ihr immer weh, ihn gehen zu sehen. Hinzu kamen die Ängste, was ihm alles passieren konnte. Ganz anders war da Ben.

Der freute sich über die neu gewonnene Freiheit. Mit dem Ungestüm eines Jungen, der die Welt erobert, fegte er durch das rätselhafte Labyrinth der Stadt. Für ihren Geschmack war er immer viel zu schnell außer Sichtweite, aber da zog Papa schon an ihrem Arm und ermunterte sie, sich nun auf die Stadt und auf ihn zu konzentrieren.

Was meinst du damit, fragte sie.

Ich habe Jesus getroffen, sagte Ben. Auf dem Campo San Polo.

Meine Güte, du bist in einer halben Stunden so weit gelaufen?

Lass ihn doch, schaltete sich Papa ein, der den Namen des Platzes registriert hatte. Das ist doch ganz in der Nähe unserer Pension. Da kennt Ben sich doch aus. Stimmt es nicht, Ben?

Ja.

Aber wir hatten doch vereinbart, dass du nicht alleine über den Canale Grande gehst.

Ben starrte verunsichert auf den Boden. Seine ganze Aufgeregtheit war wie weggeblasen. Karen bemerkte es und konnte es nicht ertragen. Keinesfalls wollte sie ihn unglücklich in die Einsamkeit der Welt entlassen. Oder vielleicht doch, um ihn dafür zu bestrafen, dass er seine Mutter alleine ließ? Ein vollkommen verrückter Gedanke, der bei vierzig Grad und heißem Tee schon einmal entstehen konnte.

Daher versöhnlich: Du hast einen guten Orientierungssinn. Ich traue dir das zu.

Ben konnte das nicht trösten. Seine Geschichte, die er zu erzählen hatte, versiegte im Strom elterlicher Fürsorge.

Er hat mit mir gesprochen.

Wer hat mit dir gesprochen, fragte Papa alarmiert.

Na, Jesus. Habe ich doch schon gesagt.

Wie, wer soll das sein? Jemand aus der Pension?

Nein, der Jesus!

Papa begriff nicht. Sie dagegen hatte so eine Ahnung. In der Schule zeigte Ben reges Interesse am Religionsunterricht und auch beim Pastor hatte er den Sommer über viel Zeit verbracht. Gelegentliche Gartenarbeiten am Gemeindehaus. Kleine Sachen. Die beiden sprachen über die Bibel. Was ihren Sohn antrieb, wusste sie nicht genau. Zu Hause hatte Ben ein paar Mal nach Jesus gefragt, aber weder sie noch ihr Mann waren darauf eingegangen. Ich kenne mich da selbst nicht genau aus, hatte Karen gesagt. Dann soll er doch den Pastor löchern, hatte ihr Mann entgegnet, und damit war die Sache in der Familie durch.

Ich weiß nicht, wen du meinst, sagte ihr Mann trocken.

Den Jesus aus der Bibel, entgegnete Ben enttäuscht. Er hatte sich offenkundig eine andere Reaktion erhofft. Karen war hin und her gerissen. Ben redete Unsinn oder war von einem Menschen mit bösen Absichten angesprochen worden. Außerdem merkte sie, wie verletzlich er war, und wie falsch man als Eltern auf Geschichten von Kindern reagieren konnte. Es war wie immer schwierig, eine gute Mutter zu sein.

Hör mal, der Jesus hat vor langer Zeit gelebt und ist schon lange tot. Der kann es nicht gewesen sein.

Aber er war es, beharrte Ben und ein Hoffnungsschimmer leuchtet in seinen Augen auf, weil Mama sich endlich seine Geschichte vornahm. Sein Körper nahm wieder eine gerade Haltung an, die nicht gering von Stolz geprägt war.

Ja, ich habe ihn getroffen und er hat zu mir gesprochen.

Auf dem Campo San Polo? Wo hunderte Menschen umherspazieren, da hat dich der tote Jesus angesprochen? Die Stimme ihres Mannes verriet Sarkasmus, der Ben wie ein Schwert traf.

Ja, sagte er trotzig. Er will uns was sagen. Und er ist nicht tot.

Was will er uns denn sagen?

Nein, nicht uns allen, sondern den Kindern. Er hat zu vielen Kindern gesprochen. Auch zu mir. Wir sollen uns morgen um achtzehn Uhr im Norden der Stadt treffen, im alten Ghetto. Dort will er uns etwas verkünden.

Ihr Mann und Karen wechselten einen kurzen Blick. Da ist etwas faul, dachten sie beide gleichzeitig. Ein Kinderschänder. Einer, der Deutsche wegen der Judenmisere hasst. Ein Sektierer. Ein Vertreter für Bibeln. Ein Sonnenstich. Es gab tausend Gründe.

Hattest du deine Schirmmütze die ganze Zeit auf?

Ja.

Wie sah er denn aus? Ich meine, hatte er ein Gewand an und so?

Ja, hatte er. Ein weißes. Und er saß auf einem großen weißen Pferd.

Auf einem großen, weißen Pferd. Auf dem Campo di Polo. Er fuhr also nicht in einer Gondel vor, sondern kam einfach daher geritten?

Du machst dich darüber lustig.

Nils, lass Ben in Ruhe. Lass ihn erzählen.

Lass uns lieber die Musik hören.

Der Akzent der Musik sank von einem dunkel und schmerzvoll schön dahinfließenden Ave Maria auf den Grund eines gleißenden Klangflusses in Moll. Es schien als wollten die Musiker die Sonne bei ihrem Untergang behutsam begleiten und möglichst wenig stören. Sofort kippte auch Karens Stimmung. Alles erschien ihr plötzlich schwer und tragisch. Der innere Abschied von Ben, der vollzogen werden musste, dominierte ihre Welt. Fast begann sie zu weinen. Nur weil Ben mit seiner Geschichte so glücklich war, konnte sie die Tränen zurückhalten, auch wenn sie nichts verstand.

Mit den Sommerferien waren die heißen Tage angebrochen, und Bens Mutter hatte mit Atemnot und der brennenden Sonne zu kämpfen. Für seinen Vater begannen nun die „echten" Tage, das „lebenswerte" Stück vom Jahr, wie er gerne sagte. Er siedelte mit dem Beginn des Sommers fast augenblicklich in den Garten um und gestaltete ihn mit meditativer Hingabe. Gerne zitierte er dabei Hermann Hesse, der ja selbst ein begeisterter Gärtner gewesen war und die Schöpfung in Wort und Aquarell kunstvoll darzustellen vermocht hatte. Karen mied die Sonne wann immer sie konnte und war daher hauptsächlich im Haus anzutreffen. Diverse Allergien, darunter auch eine Sonnenallergie, sowie ein altes Asthmaleiden zwangen sie mehr oder weniger zu diesem Rückzug. Der Sommer war nicht ihr Ding. In der Stube schälte sie Äpfel, wälzte Kataloge und begann, die Venedig-Reise vorzubereiten.

Nur wenig Zeit des Tages verbrachten Mama und Papa gemeinsam. Ben wusste nie genau, wo er sein wollte. Er half Papa gerne beim Grillen und beobachtete mit ihm die Bienen und Hummeln. Er besaß ein Insektenlexikon und konnte mittlerweile die häufigsten Gattungen der Hummel auf einen Blick auseinanderhalten: da war die schwarze Steinhummel mit dem orangen Hosenringel, dann die Feldhummel, drei braungelbe Ringel, auf dem Rücken die ganz typische Unterbrechung der Musterung am ersten Hinterleib-Segment, und schließlich die zitronengelb geringelten Erdhummeln mit dem weißen Abschluss – Bombus lapidarius, ruderatus und lucorum. Doch nach einer Weile bekam er stets ein schlechtes Gewissen, weil er glücklich war, während Mama allein im dunklen Haus saß. Dann ging er manchmal hinein und ließ sich einen Apfel schälen oder sie richteten gemeinsam einen Obstsalat an. Aber eigentlich war er wie Papa am liebsten draußen.

Das Gemeindezentrum lag nur zwei Straßen entfernt und wurde von einem argwöhnischen Hausmeister bewacht. Kinder hatten bei ihm wenig zu lachen. Anders dagegen Pastor Mühlstein. Ben war ihm am zweiten Ferientag über den Weg gelaufen, als jener einen Stuhl, der mit etlichen Büchern und Ordnern bepackt war, aus dem Gebäude ins Freie manövrierte.

Warum soll ich da drinnen in dem Mief ersticken, wenn ich ebenso gut in den Genuss der Schöpfung unseres Herrn kommen und dabei arbeiten kann, rief er Ben munter zu.

Das gefiel Ben. Als er am späten Nachmittag noch einmal an dem Gemeindezentrum vorbei kam, fand er Pastor Mühlstein zusammengesackt und schlafend in seinem Stuhl vor, die Bücher und Ordner lagen in wilder Unordnung überall auf dem Rasen verteilt. Ben beobachtete ihn eine ganze Weile. Ein freundlicher und geheimnisvoller Mann.

Was arbeiten sie denn eigentlich, fragte Ben den Pastor, nachdem er aus dem Schlaf hochgeschreckt war.

Ich bin ein irdenes Gefäß des Herrn, dem es wohl gefällt, seine Schäfchen zu hüten, säuselte Pastor Mühlstein sichtlich erholt und gut gelaunt. Der Mann war ihm ein Rätsel.

Ben hatte keine sehr präzise Vorstellung davon, was ein Pastor tat. Er erlebte ihn meistens nur einmal im Jahr, das war Heilig Abend, wenn er mit seinen Eltern in die Kirche ging. Eigentlich hatten sie ihm nie erklären können, warum sie ausgerechnet an dem Tag in die Kirche mussten. Erst in die Kirche, dann die Bescherung, antwortete ihm Papa auf Nachfragen. Zu Hause hörte er manchmal bestimmte Begriffe, die scheinbar thematisch zusammenhingen, deren Gestalt sich Ben jedoch nur sehr schwer erschloss, so dass sich lediglich eine dunkle Ahnung in Form eines körperlichen Unwohlseins manifestierte und Anlass zum Grübeln gab: Papst, Juden, Messiasmörder, Römer, Verführer, Prophet, Sektierer, Affen, Heiland, eine Krippe, ein Stern, ein Kreuz, Errettung (wovor?), Krieg (weshalb?), Terrorismus, Tod, Darwin, Weihnachtsbaum, Krone der Schöpfung, Evolution.

Was ist denn zum Beispiel die Krone der Schöpfung, fragte Ben.

Die Krone der Schöpfung? Der Pastor suchte nach Worten. Du meinst wohl den Menschen, homo sapiens, am sechsten Tag von Gott unserem Herrn geschaffen und in die Welt gesetzt.

Am sechsten Tag? Und was war davor?

Du hast viele Fragen, Ben.

Sie kennen meinen Namen?

Ich kenne alle meine Schäfchen, erwiderte Pastor Mühlstein nicht ohne Stolz.

Ich bin aber kein Schaf, sagte Ben ein wenig beleidigt, wenngleich er den Gedanken mochte, dass der Pastor seinen Namen kannte. Es klang so familiär.

Sag einmal, Ben, setzte Pastor Mühlstein an, du scheinst

auch gerne draußen zu sein so wie ich, und du hast Ferien und offensichtlich fahrt ihr nicht in den Urlaub...

Doch, wir fahren in drei Wochen nach Venedig!

Oh wie schön, die Lagunenstadt, die Stadt mit den 400 Brücken, Bella Italia, ach...

Sie kennen Venedig?

Äh, nein, eigentlich nicht. Pastor Mühlstein hielt inne. Offensichtlich war er an einem Punkt angekommen, wo er vergessen hatte, worauf er hinauswollte. Abwesend schlug er mehrmals seine Nase mit dem Zeigfinger, als ob er damit rechnete, dass diese Technik sein Gedächtnis ankurbelte.

Sind Sie schon lange Pastor, fragte Ben nach einer Weile des Schweigens.

Wie? Ja, mein ganzes Leben lang eigentlich. Weißt du, Gott beruft Menschen in diese Stellung, also steht man gewissermaßen von Geburt an im Dienst unseres Herrn. Bevor man dann tatsächlich gerufen wird, bereitet Gott einen auf die Aufgabe vor. Und dann erledigt man die Aufgabe.

Pastor Mühlstein blickte sich um. Vielleicht war sein Gedanke auf dem Rasen wiederzufinden.

Wow, Gott ruft bei Menschen an?

Gewissermaßen ja. Er ruft an. Im Gebet zum Beispiel, oder in Taten, durch Menschen, durch Ereignisse, ja du bist ja wirklich wissbegierig und das ist toll. Ha! Ich möchte dir vorschlagen, wenn du Lust hast, bis zu eurem Venedig-Urlaub, hier in den Grünanlagen ein wenig mit Hand anzulegen. Gartenarbeit und so. Du weißt schon, die Blumen gießen, Rasen mähen, Rosen schneiden.

Ja, sehr, sehr gerne, hätte Ben am liebsten geschrien, stattdessen sagte er, ich muss erst meine Eltern fragen.

Ben jätete Blumenbeete, siedelte Käfer um, schnitt sogar

einen Teil der Hecke, harkte frisch gemähten Rasen, band Blumenstauden, und plauschte mit Pastor Mühlstein, wann immer der mit seinem Stuhl aus dem Büro gekeucht kam. Das Arrangement schien die perfekte Lösung für Bens Zwiespalt zu sein. Einerseits war er gerne draußen, andererseits wollte er seine Mutter nicht traurig machen. Jetzt hatte er einen offiziellen Auftrag zur Gartenarbeit bekommen und musste kein schlechtes Gewissen haben. Karen hatte sich sogar sehr darüber gefreut und war mächtig stolz, dass Ben Pastor Mühlstein unterstützte. Ben schaute jeden Tag wenigstens einmal im Gemeindehaus vorbei. Und er hörte sich Geschichten aus der Bibel an, die ihm Pastor Mühlstein erzählte. So kam es, dass Ben erfuhr, wer Jesus war, und er begann die Bedeutung der Wörter zu verstehen, die Mama und Papa zu Hause mit der Kirche in Zusammenhang brachten. Er verstand, dass Mama und Papa oft aufgeregt bei diesem Thema waren, aber irgendwie machte ihn das traurig. Er wusste nicht genau warum. Seine Nachfragen lösten seltsame Blicke aus und auf seine Frage hin, ob er getauft sei, erhielt er von Papa nur ein lakonisches Nein.

Pastor Mühlstein erzählte ihm auch vom Kreuz und manchmal, abends in seinem Zimmer, versuchte Ben sich vorzustellen wie es ist, an einem Kreuz zu hängen und vor Schmerzen keine Luft mehr zu bekommen. Es faszinierte ihn. Und das irritierte ihn.

Venedig. Eine Stadt, die schon länger als tausend Jahre existiert, ist eine greifbare Form der Ewigkeit, hatte Pastor Mühlstein mit verklärtem Blick gesagt.

Das klingt gut, fand Ben.

Ja, nicht wahr? Leider ist es nicht von mir, sondern von Cees Nooteboom, einem niederländischen Lyriker.

Aber es passt zu ihnen, tröstete ihn Ben.

Sie lachten und umarmten sich. Als Ben schon hinter der Hecke verschwunden war, rief ihm Pastor Mühlstein noch hinterher, eine greifbare Form der Ewigkeit, Ben, achte darauf, wenn du in Venedig bist.

Koffer gepackt?

Jawohl.

Sind sie auch schon im Auto?

Jawohl.

Alles startklar?

Jaaaaa.

Geflogen wurde von Frankfurt aus. Bens erster Flug. Er hatte es sich beim Start weder so laut noch so schnell vorgestellt. Beides war stark, es zu erleben. In der Luft schien man dagegen gar nicht vorwärts zu kommen, obwohl Papa schon nach einer viertel Stunde rief: da, die Alpen.

Sie landeten in Pisa, wo sie die heiße Luft wie eine Ohrfeige traf. So muss es auch in den Tropen sein, dachte Ben und stellte sich vor, er wäre ein Forscher im Dschungel. Vielleicht ein Archäologe, der etwas Vergessenes wieder finden will. Mama hatte rote tränende Augen von der Klimaanlage des Flugzeugs.

Ein Auto wurde gemietet, denn Mama wollte noch ein wenig von Norditalien sehen, bevor sie alle im Glanz von Venedig versinken würden.

Angesichts der vor ihnen liegenden siebenhundert Kilometer wirkte Papa mit der Straßenkarte im Schoß wie ein Zwerg am Steuer. Die Fahrt kostete sie sechs Stunden und mehrere Missverständnisse an verschiedenen Straßenmautstellen. Der Tag wurde zum Abend, das Land wurde flacher und das Meer kam in Sicht. Die untergehende Sonne spiegelte sich golden in dem Wasser wider und warf einen apokalyptischen Schimmer auf Venedig.

Papa hielt den Wagen an und alle mussten aussteigen. Es war noch immer sehr warm, aber hier wehte ein leichter Wind, der zugleich auch den feuchten Geruch des Meeres zu ihnen trug. Wie still es war. Sie lauschten den vereinzelten Schreien der Möwen, die angesichts der Weite des Panoramas, das sich ihnen bot, wie verloren wirkten, und wann immer ein Vogel an dem gigantischen Sonnenball vorbei flog, stellte sich Ben vor, wie er verbrannt vom Himmel fiel. Selbst das letzte Licht des Tages schien an diesem Ort die Kraft des gesamten Universums in sich zu vereinen, die sich nun über Venedig entlud und aus der Stadt eine bunte, unwirkliche Kulisse erschuf, deren Pracht blendete und von der man doch nicht wegsehen konnte, die wie ein Liebesgruß vom Schöpfer einer Umarmung gleich inneren Frieden schenkte. Keiner von ihnen konnte sich diesem Eindruck entziehen, denn dieser Liebesgruß wirkte tief in ihre Herzen hinein.

Buona sera e benvenuto! Piacere di conoscerla, bella donna. Le piace qui?

Der Venezianer hatte sie schon eine Weile beobachtet, nun war er auf sie zugetreten und wandte sich mit seiner wohlklingenden Sprache an Mama. Ben war erstaunt, als Mama auf Italienisch antwortete.

Sì! Mille grazie, sagte sie.

Di dov'è, fragte der Mann, der wie ein Fischer aussah und eine lederartige, dunkelbraune Haut hatte.

O äh... sono di Germania e... äh, ach was soll's. Also wir kommen aus Deutschland. Sie sprechen auch Deutsch?

85

Si, si, ich spreche Ihre Sprache. Sie möchten nach Venezia?

Ja, das wollen wir. Wir werden unser Auto dort im Parkhaus unterstellen.

Si, si, das machen Sie. Mein Freund fährt Sie in die Stadt.

Venedig war von den Parkhäusern aus nur mit dem Schiff zu erreichen. Natürlich konnte man auch in Venedig nur mit dem Schiff umherfahren oder zu Fuß gehen. Papa nahm das Angebot dankend an, und der Fischer versprach, auf sie zu warten.

Das Boot lag tief im goldgelben Wasser. Um die zwanzig Touristen befanden sich darauf und mit ihnen wenigstens vierzig Gepäckstücke, die zwischen die Rettungsringe und unter die Treppen geklemmt worden waren. Eine einmütige Stille lag über ihnen, denn die Fahrt erschien ihnen wie der Übertritt in eine andere Welt und alle wollten nur eines hören: das Weichen des Wassers vor dem Bug.

Das Meer begann sich zuzuspitzen, von beiden Seiten näherten sich enge Häuserreihen, dann waren sie im Canale Grande, inmitten der Stadt. An den Ufern wimmelte es vor Menschen, ein reges Treiben überall und eine massive Feuchtigkeit, mit der sich Papas Hemd vollsog. Überall gingen kleine Lichter an, Feuerchen flackerten im Wind. Plötzlich wurde der Fluss noch schmaler, fast nur noch zehn Meter breit. Ben konnte die Hausmauern fast berühren und bemerkte, wie von ihnen der Putz abbröckelte und sich Algen in die Mauerlöcher hineinfraßen. Wie die Tentakel eines riesigen Kraken, der ein Haus in den Abgrund zerrt, ganz langsam, ohne Hast, doch mit beständiger, nicht zu bezwingender Stärke und Allmacht. Das Wasser war trübe und von Müll durchzogen.

Sie waren in einen Nebenkanal abgebogen. Hier sah man keine Menschen mehr, nur noch Mauern. Die Dunkelheit begleitete sie und ließ die wenigen Bootslichter gespenstisch wirken. Die Luft war stickig. Dann hielt das Boot, man nickte ihnen zu, deutete an, dass sie hier ihre Pension finden würden.

Hier, fragte Papa ungläubig.

Ja hier, kein Wenn und Aber, die mussten es ja schließlich wissen.

Aber das ist ja nicht einmal ein offizieller Anlegeplatz.

Irgendwo ankommen sei jetzt alles was zählt, war Mamas Meinung, die schon mit einem Fuß an Land stand. Also stiegen sie aus, ließen sich noch zweimal den Weg erklären, geradeaus, quer über den Campo San Pantalon, dann sei man schon in der C. dei Preti Crosera, dann rechts.

Das Boot legte lautlos ab, noch während Papa seinen letzten Koffer entgegen nahm.

Also geradeaus, sagte Papa, aber schon diese einfache Anweisung war schwer auszuführen, weil an dieser Stelle ein „geradeaus" bedeutete, dass man sich nach links oder nach rechts wenden musste.

Diese Stadt soll ja ein verflixtes Labyrinth sein, merkte Ben an. Papa nickte stumm. Hier geht's lang, sagte er und marschierte los.

Der Campo San Pantalon war verlassen. Die Kirche ragte wie ein versteinerter Riese in den dunkelblauen Himmel. Die Sonne war bereits vollständig untergegangen und nur wenige Fenster waren erleuchtet. Auf den ersten Blick schien kein weiterer Weg von dem Platz wegzuführen. Dann entdeckte Ben eine kleine Gasse. Mama und Papa dachten, es sei nur ein Hauseingang. Tatsächlich war es aber ein schmaler Tunnel, durch den man der Häuserflucht entkommen konnte, womöglich sogar in die gewünschte Richtung. In dem Untergang hörte Ben seinen eigenen Atem, keuchend, während er mit den Schultern an feuchten, stinkenden Mauern entlang schleifte. Die Dunkelheit erschien ihm hier aus feinen feuchten Spinnenweben zu bestehen, die sich lautlos auf seinem Körper niederließen und das Vorankommen zunehmend erschwerten. Was war nur aus den prächtigen Farben geworden, von denen noch vor wenigen Minuten die ganze Stadt wie von einem Regenbogen umgeben war? Also ehrlich, hier war es düster wie in der Hölle.

Die Pensionsmutter begrüßte sie auf Deutsch und fast ohne Akzent. Sie trug ein weißes Spitzennachthemd, was Ben angesichts ihres Alters, das er auf achtzig Jahre schätzte, ungewöhnlich fand. Später fiel ihm allerdings auf, das die meisten Einheimischen sehr luftige Sachen trugen und in den nächsten Tagen wunderte man sich vielmehr über ihn, der nur schwere Jeans eingepackt hatte.

Das Zimmer war ein romantischer venezianischer Traum mit einer vier Meter hohen Decke, schwerem Mobiliar und einem Standventilator, der von Papa sofort in Betrieb genommen wurde. Mama nahm etwas gegen ihr Asthma.

Es war schon nach Mitternacht, als Ben endlich einschlafen konnte. Alle Geräusche waren fremd und ganz in der Nähe schien eine Feier veranstaltet zu werden. Er lag nur in Boxershorts auf dem Bett, platt und ausgebreitet wie ein Pizzateig, und hörte durch das offene Fenster zwei Katzen zu, die sich im Innenhof stritten.

Zunächst hatten sie die Zimmertür geschlossen gehalten, nach einer halben Stunde wären sie alle fast erstickt und entschieden sich, die Tür zu öffnen. Papa hatte, nachdem schon Licht ausgemacht worden war, noch einmal geduscht, es dann aber fluchend aufgegeben, seine Haut trocken zu bekommen. Ben stand der Schweiß in jeder Körperfalte. Der Ventilator verursachte nicht mehr als ein Kribbeln.

Manchmal wusste Ben nicht, ob er schon träumte oder mit offenen Augen die ersten Eindrücke von Venedig verarbeitete. Der gleißende Schein dieser Stadt. Die Sonne. Die Verwesung in den feuchten Mauern. Ihm war mehrmals schwindelig geworden, schon auf dem Schiff, aber das hatte er seinen Eltern nicht erzählt. Selbst jetzt, da er hier lag, drehte sich alles. Die nasse Hitze war eine Macht, der er hilflos ausgeliefert war. Beunruhigt nahm er Mamas Schnappatmung wahr, aber es schien alles in Ordnung, denn Papa sagte nichts.

Es war drei Uhr nachts. Die Feier war immer noch am Laufen, jetzt lauter. Immerhin waren die Katzen fort. Papa stand splitternackt mit ausgebreiteten Armen im Innenhof. Mama war nicht im Raum. Ben stand auf und bemerkte, wie seine feuchten Füße auf dem Parkettboden rutschten. Alles voll Wasser, dachte er.

Am nächsten Tag brannte die Sonne die Feuchtigkeit aus den Gassen und machte einer sengenden Ohnmacht des Geistes Platz. Sie huschten von Schatten zu Schatten, hielten Wasserflaschen in den Händen. Papa hatte eine Karte. Ziel: Überquerung des Canale Grande über die berühmte Rialto Brücke. Teilweise waren die Straßen so eng, dass man nur knapp aneinander vorbeikam, dann gab einer der vielen versteckten Plätze wieder Raum zum Atmen.

Jesus, dachte Ben, du warst vierzig Tage in der Wüste, du weißt wie das ist.

Auf einem der Plätze, dem Campo San Polo, wurde ein Freiluftkino aufgebaut. Es sollte wohl etwas in Schwarzweiß laufen. Eine historische Dokumentation. Papa schaute ein wenig zweifelnd auf das eben aufgehängte Programmplakat. Irgendetwas über irgendeinen Krieg, murmelte er. Eine Eisbude wurde errichtet. Metall schlug gegen Metall, Menschen mit Leitern, Sitze wurden herbei geschafft, die Touristen beobachteten, schätzten ab, gingen weiter. Einheimische liefen dagegen begeistert an der Absperrung auf und ab. Ganz offensichtlich gab es hier nichts für die Fremden. Dies war ein Ereignis für die Venezianer. Jeder Fremde, dem das aufgegangen war, beeilte sich fortzukommen. Eine mehrdeutige Spannung lag in der Luft. Eine Kluft der Kulturen war plötzlich spürbar. Dies war der Platz, den Ben auf seinen Streifzügen in den nächsten Tagen immer wieder aufsuchen würde.

Der Anblick verschlug Ben den Atem. Ein wackeliger Flaschenzug wurde von vier Venezianern gestützt, während zwei weitere angestrengt an einem Seil zogen, das in den Kanal hinein hing. Ein Schiff der Polizia schaukelte in dem bewegten Wasser. Am Ufer stand eine größere Karre, auf dem etwas Zugedecktes lag. Ben sah, wie es unter der Plane heraustropfte. War es Wasser, war es Blut? Einheimische gestikulierten wild und debattierten mit lauten Reden. Einige von ihnen waren maskiert und verkleidet, mit weißen Perücken und bauschigen Tanzkostümen. Einer stand auf Stelzen, doch obwohl er durch seine Größe erhaben wirkte, war aus seinem Gesicht sämtliche Farbe gewichen und seine Augen hingen starr vor Entsetzen an der Szenerie. Touristen mengten sich unter sie. Andere wollten nur vorbeieilen, doch die Straße war so schmal, dass es nicht mehr möglich war. Plötzlich teilte sich das Wasser und für einen kurzen Moment war es ganz still. Dann hörte man entsetzte Schreie und alles kam wieder in Bewegung. Ben bemerkte, dass ein Tierkadaver aufgetaucht war. Ein totes Pferd. Das nasse Fell glänzte ziegelrot und täuschte für einen Augenblick Leben vor, wo keines mehr gefunden werden konnte. Ben wurde wieder schwindelig. Ihm war speiübel. Aber ein Wegsehen kam nicht in Frage. Jetzt sah er mehrere Taucher im Kanal. Das Tier wurde zur Karre gehievt, von der nun die Plane weggezogen wurde, und Ben musste ein weiteres lebloses Pferd entdecken, das hatte pechschwarzes Fell. Ein lautes Klirren. Ein Schwert wurde ans Ufer geschmissen, man hatte es scheinbar auch im Kanal gefunden. Es kam Bewegung unter die kostümierten Schauspieler. Ben bemerkte, dass einige von ihnen mit ähnlichen Schwertern ausgestattet waren, die wohl zu ihrer Verkleidung gehörten. Andererseits hatten die Kostümierten vielleicht auch gar nichts damit zu tun, denn nun beobachtete Ben, wie sich einige Polizisten zu einer Handvoll Venezianer durchschlugen, offensichtlich Arbeiter, die auf Kisten saßen, zwei von ihnen mit den Köpfen in den Händen vergraben und unter strenger Beobachtung der anderen. Es war einfach nicht zu klären, was Schauspiel und was Realität war. Ben übergab sich im Angesicht des stinkenden Todes.

Eine schwarze Nacht, die ihre Fäden in den venezianischen Gassen spinnt. So heiß es am Tag ist, so kalt ist es nachts am Riva degli Schiavoni, der Promenade des gigantischen Canale di San Marco, über dem sich bei Tage ein hypnotisierend blauer Himmel erhebt, von dem das Wasser am

91

Horizont kaum noch zu unterscheiden ist. Bricht dann die Nacht herein, vermischt sich das Sternenmeer mit den funkelnden Lichtern der benachbarten Inseln.

Wenn die Ewigkeit einen Anfangspunkt besitzt, so doch dann hier, ist sich die Familie einig. Ben würde Pastor Mühlstein davon berichten.

Das ungenügende Licht der vereinzelten Laternen macht sie klein und verweist auf die dunkle Verschlungenheit der unzähligen Gassen. Nur wenige Fenster sind beleuchtet, und die sind ohnehin so klein, dass sie nicht genügend Licht spenden, um einen Weg sichtbar zu machen. Bald aber müsste man die Rialtobrücke erreicht haben, war Papas Meinung. Man ist sich jedoch nicht ganz sicher, ob man die Häuserfluchten schon kennt. Auch die eine oder andere Brücke erscheint eigenartig anders. Es ist nur das Licht, die Schatten einer venezianischen Nacht, meint Papa. Aber er sieht beunruhigt aus. Wenn man nach zwei Tagen Venedig schon von so etwas wie Gewohnheit sprechen will, so ist es gerade dieses Gefühl, das sie jetzt am meisten vermissen. An diesem Abend erscheint das Hotel weiter weg denn je. Papa arbeitet mit seinen optimistischen Kommentaren erfolglos gegen die Verlorenheit an, die Mama spürt, während Bens Gedanken um die toten Pferde kreisen. Er hat seinen Eltern nichts davon erzählt.

Jetzt könnten wir Jesus ganz gut gebrauchen, sagt Papa eine halbe Stunde später. Weil es so zynisch klingt, macht es Ben traurig.

Er wüsste den Weg, sagt Ben trotzdem.

Mit einem Pferd, murmelt Papa und schüttelt den Kopf. Ich habe hier noch kein einziges Pferd gesehen. Das ist keine Stadt für Pferde. Viel zu verwinkelt, zu schmal, zu unberechenbar. Und dann die ganzen Kanäle. Viel zu gefährlich.

In der Nacht hatte Ben einen Traum. Das Pferd des weißen Ritters trabt durch die Stadt und alle verstummen, die Venezianer ebenso wie die Angereisten. Nichts scheint ihnen begehrlicher als das Angesicht des Ritters zu sehen, doch seine Augen glühen wie zwei Sonnen. So senken sie ihre Blicke. Einige, die es dennoch wagen, fallen bewusstlos um und aus ihren Augenhöhlen steigt Rauch auf. Andere ziehen sich rasch ihre Masken auf, als wollten sie von dem weißen Ritter nicht erkannt werden. Plötzlich wird es am anderen Ende der Gasse unruhig. Einige weitere Reiter erscheinen. Ben sieht rote und schwarze Pferde, einige fahle, die abgehärmt und mehr tot als lebendig aussehen, sind auch unter ihnen. Als die unbekannten Reiter das weiße Pferd und den Ritter bemerken, halten sie inne. Die Pferde werden nervös und beginnen zurückzuweichen, während ihnen der weiße Ritter unverblümt entgegen reitet. Die verblüffte Menge muss den fremden Reitern aus dem Weg gehen, um nicht niedergetrampelt zu werden. Die Reiter haben ihre Pferde nicht mehr unter Kontrolle. Einer nach dem anderen stürzt in den Kanal und versinkt.

Schwitzend wachte Ben auf und schaute sich um. Papa war fort. Er blickte auf die Uhr. Drei Uhr vierzig. Er blickte in den Innenhof. Da stand Papa, nackend und mit ausgebreiteten Armen. Ben tat es ihm gleich.

Nach dem Frühstück las Papa wie gewöhnlich einige Seiten in seinem Buch. Es hieß „Kriege, Katastrophen und andere Kleinigkeiten". Der Autor hatte mehrere Preise für sein Werk bekommen. Es handelte sich um eine scharfzüngige, wachrüttelnde, herausfordernde Zukunftsprojektion der Weltentwicklung über die nächsten Jahrzehnte. Das Fachgremium wedelte bereits mit dem Nobelpreis. Mama nannte es eine zynische Verunreinigung des menschlichen Verstands. Ihrer Meinung nach wies der Autor zwar auf die Zeichen einer nicht mehr aufzuhaltenden Weltzerstörung hin, bemühte sich nach allen Regeln der Kunst aber nur darum, sich selbst und den Lesern einzureden, dass dies alles halb so schlimm sei, weil die immer verheerender wirkenden Katastrophenmeldungen bald schon in einen Gewohnheitszustand übergehen würden, der sich dann nicht mehr schlimmer anfühlte als die beiläufige Wahrnehmung von Wasserflecken in der Dusche oder einer verrutschten Tischdecke, auf die der Mensch im Normalfall ja auch nur noch mit einer spielerischen Gereiztheit und aus Langeweile reagiert. Habituation. Das war das magische Schlüsselwort des Werkes, das der Verhaltensforschung entlehnt war und dem Werk die notwendige Prise Naturwissenschaftlichkeit verlieh, ohne die ein Buch heute nicht mehr funktionierte. Der Mensch habe die Fähigkeit, an stetig wiederholende Reize zu habituieren, sich an sie zu gewöhnen. So hörte man Autolärm nicht mehr, wenn man eine gewisse Zeit an der Autobahn lebte, und an Grausamkeit könne man sich auf Basis desselben Prinzips ebenso gewöhnen. Kritiker wagten als Entgegnung den Begriff der Abstumpfung zu verwenden, doch die entschlossene Öffentlichkeit, die sich diesen Strohhalm angesichts der irritierenden Weltgeschehnisse nicht nehmen lassen wollte, konterte mit der Wissenschaft, die Habituation als adaptiv bewertete. Dieses zweite Schlüsselwort erklärte, dass durch den Gewöhnungsprozess irrelevante Reize aus der Umwelt vom Organismus ausgeblendet werden können, was den Menschen allgemein anpassungsfähiger machte. Menschen ohne diese Fähigkeit seien anfälliger, an Schizophrenie zu erkranken oder massive Aufmerksamkeitsstörungen zu entwickeln. Selbst auf neuropsychologischer Deutungsebene wartete der Autor mit Belegen auf, obwohl er selbst nicht sagen konnte, was diese eigentlich bedeuteten. Das Werk selbst, so Mama, sei eine Reflexion dessen, was die Menschheit vor die Hunde gehen ließ. Es sei gezeichnet von globaler und humanitärer Gleichgültigkeit, einer gesteigerten Langeweile und Trägheit, einem für eine gut funktionierende Gütergesellschaft charakteristischen konsumorientierten Überdruss sowie einer Überschätzung der eigenen Bedeutsamkeit. Und das alles, so Mama weiter, würde einem wesentlich bedeutenderen Geschäftspartner spotten, nämlich der Natur, die weder Gleichgültigkeit noch Langeweile noch Trägheit noch Überdruss noch Egomanie toleriere, sondern das genaue Gegenteil vom Menschen verlange, um profitabel mit ihm kooperieren zu können. Aber auf all das wolle der Autor ja gar nicht hinweisen, sagte Mama, sondern es vielmehr durch Zynismus überdecken, damit wir auch morgen noch ruhig schlafen können. Und weil ihm eben dies so brillant gelang, würde ihm wohl auch der Nobelpreis zufliegen. So Mama. Aber die Bilder vom Gehirn, warf Papa ein, entlarvten die Nervenzelle doch ganz eindeutig als den Hauptakteur im Theater unseres Lebens. Die Neuropsychologie schaffe es nicht, sagte dann Mama, auch nur eines ihrer Bilder zu erklären, und die bloße Darstellung von Denkabläufen beantworte weder das Wie noch das Warum. Im Gegenteil, es forciere die materialistische Kleingläubigkeit einer verängstigten Gesellschaft, die sich keinerlei Kreativität leistete.

Wieso Kreativität, fragte Papa und Mama sagte, die würde uns von den Ketten einer materialistischen Weltsicht befreien, in der 1x1 immer 1 ergab. Schließlich sei diese Welt mit viel Kreativität erschaffen worden, und die Erkenntnis über den Sinn allen Seins sei nur durch Kreativität zu gewinnen, indem man hinter die Schöpfung blicke und nicht nur auf sie drauf.

Ben hörte Mamas Ausführungen fasziniert zu, auch wenn er kaum etwas verstand, aber es geschah nur selten, dass Mama zu Papas Büchern so vehement Stellung bezog.

Eines verstand Ben jedoch sehr wohl: Die Bilder in den Nachrichten, die Gesichter trauernder Menschen, die Trümmer von Häusern und Fahrzeugen, die Überschriften in Zeitungen, Blumenmeere auf Schulhöfen, klammernde Hände, tote Augen, Feuer und Scherben, Äxte, die in Köpfen feststeckten. Was auf den Bildern zu sehen war, die nicht gezeigt wurden. Was Menschen fühlten, über die nicht berichtet wurde und dennoch in Krieg und unter Terror starben. Es waren diese offenen und verdeckten Bilder, die ihm zeigten, dass der Mensch im Grunde kein schaffendes, zum Überleben konzipiertes Wesen war, sondern eine zerstörerische Kreatur, der es an einer tiefergehenden Einsicht über die großen Zusammenhänge fehlte. Zwar verstand Ben noch nichts von den Algorithmen des Universums, aber er verstand sich darauf, Böses wahrzunehmen, wenn er beobachtete, wie sich die einen Menschen Brot erbettelten, während die anderen – so hatte er es irgendwo gelesen – in nur einem Monat so viel Geld ausgaben, dass es zur lebenslangen Bezahlung von dreißig Arbeitern gereicht hätte. Soviel kostete heute das Regieren mit Fähnchen und Wimpeln. Ben stellte sich vor: seine ganze Schulklasse hätte von diesem Geld ein Leben lang bezahlt werden können.

Später am Tag saßen sie wieder im Café Florian. Ben erbat sich eine Stunde, um auf dem Campo San Polo den Aufbau des Freiluftkinos weiterverfolgen zu können.

Das alte Ghetto erreichte man über eine kleine Holzbrücke, von der schon seit langer Zeit an vielen Stellen die grüne Farbe abblätterte. Im Norden der Stadt waren die Straßen breiter und leerer, die Luft war klar und trocken. Es gab einen Park mit vielen Bäumen und Katzen. Einige ältere Venezianer saßen auf Bänken und aßen Obst. Hier musste man sich nicht dicht aneinander vorbei drängen wie im Stadtzentrum, und es gab keine Restaurants mit Touristenmenüs. Über dem Norden Venedigs schwebte ein einfacher Geist, dessen liebenswert schlichte Ästhetik sich durch die Natürlichkeit der Umgebung und die Gelassenheit seiner Bewohner ergab.

Es wehte ein frischer Spätnachmittagswind, und die Sonne hatte auf eine erleichternde Art an Kraft eingebüßt. Hinter dem Park schob ein Marktverkäufer gemächlich mit seinem Wagen an der deutschen Familie vorbei. Eine Katze saß in einem Hauseingang und wartete auf ihr Gnadenbrot, das ihr vom Wagen aus wie selbstverständlich zugeworfen wurde. Ebenso selbstverständlich nahm sie es ins Maul und verschwand mit stolzer Anmut in dem Schatten einer Häusernische. Ansonsten war niemand zu sehen. Harmonisch, dachte Karen.

Nils und Karen standen auf der Brücke und sahen ihrem Sohn nach, wie er das alte Ghetto betrat. Ben hatte sich die letzten Tage reichlich seltsam benommen, immerhin darin waren sich seine Eltern einig. Aber ebenso war sich Karen bewusst, dass sie Ben in seiner „Jesus-Sache", wie sie es nannte, zu wenig ernst genommen hatte. Ihr Junge hatte sich in die Idee regelrecht hineingesteigert. Das fand auch Nils, der sprach aber lieber vom „Mystik Spleen" und vermied es ganz, den Namen vom Gottessohn in den Mund zu nehmen. Er fühlte sich durch Bens „Obsession" vom Italienurlaub unangenehm abgelenkt. Karen war sich noch immer nicht sicher, was hinter der Sache steckte, und weshalb jemand Kinder in das alte Ghetto locken sollte. Trotz aller Zwielichtigkeit, die die Jesus-Sache umgab, konnte sie sich schließlich gegenüber Nils durchsetzen und es Ben genehmigen, hierher zu kommen. Ihr Mann war außer sich, sah es aber schließlich ein, dass die Sache nicht anders aufzulösen sei, als dadurch, den Termin zu bedenken und Ben erleben zu lassen, dass überhaupt nichts dahinter steckte. Natürlich konnte dies nur unter Geleit der Eltern geschehen.

Die Holzbrücke führte zu einem schmalen Gang. Man musste den Kopf einziehen.

Ben war einige Schritte vorgelaufen. Sein Gesicht war vor Aufregung gerötet. Als er unter der Häuserreihe hindurchtauchte, war er für einen Moment aus dem Blickfeld seiner Eltern verschwunden. Karen geriet sofort in Panik und Nils zog hektisch sein Handy hervor. Sie duckten sich und folgten eilig ihrem Sohn.

Hinter dem engen Durchgang tat sich ein großer Platz auf und es verschlug beiden den Atem. So viele Kinder!

Es gab noch weitere Zugänge zu dem Platz. Von allen Seiten strömten Kinder herbei. Es waren kleine Kinder und Jugendliche, Venezianer und Nicht-Venezianer. Sie sprachen alle in ihren Sprachen oder gestikulierten, um sich zu verständigen. Überall auf dem Platz wuselte es, war Lachen zu hören. Waren es hundert oder zweihundert? Karen konnte es nicht sagen. Sie war überwältigt. Es war so... bunt! Vereinzelt sah man Erwachsene, die ihren Kindern wie in Zeitlupe und stumm folgten, aber es waren nur wenige. Bei ihrem Anblick fielen Karen die grauen Männer aus Momo ein, und sie musste betreten zu Boden sehen, denn sie war nicht viel anders. Auch bei Nils spürte sie eine Veränderung. Er war angesichts derart vieler Kinder regelrecht erstarrt. Seine Gesichtszüge waren eingefroren, als wollte er sich vor einer unkontrollierten Bloßlegung seiner Gefühle schützen. Karen schossen dagegen die Tränen in die Augen und sie ließ es zu. Sie wusste nicht, was hier los war, aber all diese Kinder erfüllten diesen Platz durch ihre unbändige Frische und ungeduldige Erwartung mit einer Lebenslust, dass ihr schwindlig wurde. Schwindlig vor Liebe. Aber auch vor Traurigkeit. Weil sie nicht dazugehörte und nur eine Beobachterin war. Sie bemerkte, dass Nils sein Handy weggesteckt hatte.

Nils, was ist das?

(eine Blumenwiese)

Fasziniert starrten Bens Eltern auf das Meer von Kindern, das wie von einem Orkan getrieben von einer Seite des Platzes zur anderen peitschte.

(ein Sternenhimmel)

Ich weiß es nicht, antwortete Nils.

Sie sahen Ben mit in das Meer eintauchen. Ein anderer Junge, wohl gleichen Alters, legte seine Hand auf Bens Schultern, nickte ihm zu, lief dann weiter.

Ben begann Hände zu ergreifen, mit fremden Gesichtern zu sprechen und Karen fragte sich noch, was er da wohl sagt, worüber die wohl reden. Dann verlor sich der Blick auf ihren Sohn und sie und ihr Mann blieben zurück wie zwei Bojen, fest verankert im Boden.

Was sollen wir tun, fragt Karen. Die Tränen laufen ihr über die Wangen und der Wind lässt es sie deutlich spüren. Nils schüttelt mit zusammengekniffenen Lippen und hochgezogenen Schultern den Kopf. Er wisse es nicht. Nein, er wisse es nicht. Immer mehr Kinder kommen auf den Platz, der von Häusern fast komplett eingeschlossen ist. Hier und dort wurden Fenster geöffnet. Sie sahen Gesichter, deren Münder sich hektisch bewegten, aber es kam kein Laut bei ihnen an. Die Kinder übertönten alles.

Noch eine viertel Stunde, informiert Nils. Karen begreift nicht sofort. Sind wir denn im Kino, fragt sie scherzhaft, aber natürlich weiß auch Nils nicht, was in einer viertel Stunde sein wird, außer dass es dann achtzehn Uhr sein wird. An die Jesus-Sache glauben sie natürlich nicht, aber irgendetwas würde um achtzehn Uhr geschehen.

Über all die Kinderköpfe hinweg entdeckte Karen plötzlich den Eingang zu einem Museum. Sie wurde sich wieder bewusst, wo sie waren, nämlich in dem alten Judenviertel. Dies war ein geschichtsträchtiger Ort und sicherlich gab es vieles zu entdecken. Sie zeigte Nils das Museum, doch der winkte ab. Er habe gerade eine Buchhandlung gesehen, wohin er nun wolle, um ein wenig zu stöbern, solange Ben bei den anderen sei. Sie wollte nicht mit Nils streiten, nicht hier, an diesem Ort. Daher entschieden sie sich, getrennte Wege zu gehen. Sie liebe alles, was mit Geschichte zu tun hat, und das Museum komme ihr gerade recht, so Karen. Und weiter: Wer die Vergangenheit nicht versteht, für den kommt auch die Gegenwart zu spät. Zitat irgendwer. Nils lächelte versöhnlich. Seine erste sichtbare Gefühlsregung, seit sie den Platz betreten hatten. Sie küssten sich und gingen auseinander.

Der Eingang zum Museum war prunkvoll mit goldenen Mosaiksteinen verziert. Jüdische Geschichte. Über dem Eingang stand ein kurzer Satz in hebräischen Zeichen. Für Karen nicht zu entziffern. Sie versuchte einer kleinen Karte vor der Tür die Eintrittspreise zu entnehmen. Die Tür stand offen, im Innern war es bis auf eine Frau, die hinter der Kasse zusammengekauert saß, leer. Möglicherweise schloss das Museum um achtzehn Uhr. Trotzdem wollte Karen wenigstens einen Blick in die Vorhalle werfen. Vielleicht konnte sie herausbekommen, was der Satz über dem Eingang bedeutete. Jedes noch so kleine Detail an diesem Ort erschien ihr plötzlich wichtig, brachte sie wieder näher zu Ben. Sie fühlte sich regelrecht wissensdurstig.

Sie trat durch die Tür.

Währenddessen hatte sich Nils einen Weg durch all die Kinder gebahnt und stand nun vor der Buchhandlung. Ein Antiquariat, das, nach einem ersten Blick in die Auslage beurteilt, überwiegend Geschichts- und Sachbücher in italienischer, englischer und deutscher Sprache anbot. Nils fasste ein Buch mit einem gesellschaftskritischen Titel ins Auge. Er beschloss, den Laden zu betreten und sich das Buch zeigen zu lassen.

Wären Karen und Nils um achtzehn Uhr nicht hinter Türen und Mauern verschwunden, wären sie stattdessen bei ihrem Sohn geblieben und hätten der Jesus-Sache eine Chance gegeben, dann wären sie dabei gewesen, wie hier und dort auf dem Platz Kinder verschwanden. Sie gingen nicht einfach fort, sondern sie waren von einer Sekunde auf die andere einfach nicht mehr da. Nach und nach leerte sich der Platz und die Geräusche ebbten ab. Es dauerte weniger als eine halbe Minute, bis auch das letzte Kind verschwunden war. Da fragte Karen gerade nach der Bedeutung des kleinen Satzes über dem Museumseingang und Nils schlug vorsichtig und unter den aufmerksamen Blicken des Händlers das Buch über Kapitalismus im Mittelalter auf.

Glaubt ihr nicht, so bleibt ihr nicht, hatte die Frau hinter der Kasse den kleinen Satz ins Deutsche übersetzt. Das sei ein Vers aus dem Prophetenbuch Jesaja, so die fremde Frau. Ja, die Propheten sind den Juden genauso wichtig wie die Thora selbst, erwiderte Karen, um der fremden Frau nicht das letzte Wort zu überlassen. Sie wusste selbst nicht genau, warum sie das tat. Die Frau zeigte keinerlei Regung und sagte, für einen Museumsbesuch sei es zu spät, man schließe bald. So ein Vers, dachte Karen gedankenverloren, was soll denn das.

Es waren nur wenige Minuten vergangen, als plötzlich ein Junge in das Museum gerannt kam. Es war Ben.

Mama, Mama, hast du sie gesehen, rief er vollkommen außer Atem. Karen sah ihren Sohn fragend an. Was sie denn gesehen haben soll, wo sie doch hier drinnen mit der Frau vom Museum spreche.

Ben wirkte enttäuscht. Na, die Treppe meine ich, sagte er trotzdem, aber deutlich leiser.

Was denn für eine Treppe, fragte Karen zurück.

Ben verstummte. Er sah sehnsüchtig zu dem Platz. Er sieht irgendwie anders aus, dachte Karen. Die Anspannung ist fort, aber die Liebe ist geblieben. Er ist immer noch ein kleiner Junge, stellte sie fest und freute sich. Karen sah ihn ermunternd an, doch Ben wollte nicht mehr erzählen. Fragst du dich denn gar nicht, wo all die Kinder gewesen sind, sagte Ben und Mama zuckte mit den Achseln. Sie schaute auf den Platz, auf dem nur noch wenige Kinder spielten.

Vermutlich zum Abendessen nach Hause gegangen, sagte Karen.

Ja, jetzt schon, aber ich mein vorher, entgegnete Ben. Mama verstand nicht. Er wolle Papa fragen, also verabschiedete sich Karen von der fremden Frau und eilte mit Ben zu dem Buchladen.

Papa wollte auch nichts gesehen haben. Ben war verzweifelt. Papa kaufte sich das Buch und schlug vor, in die Pension zurückzukehren. Es sei spät und der Erfinder von Zeit und Raum würde sich wohl kaum verspäten oder den Weg zum alten Ghetto nicht gefunden haben. Wieder wusste Ben nicht, ob Papa das ernst oder ironisch meinte. Natürlich hatte er Recht mit seiner Aussage, aber der Punkt war doch, dass er da gewesen war. Oder sollte man lieber sagen, sie waren bei ihm gewesen? Da war plötzlich eine Stufe gewesen, mitten auf dem Platz. Ja, dort drüben. Zuerst hatte es ausgesehen wie eine natürliche Wölbung im Boden. Dann...

...ist es eine richtige, breite, steinerne Stufe, vielleicht sogar aus Marmor. Einige Kinder springen überrascht zur Seite. Hey, seht mal, rufen diejenigen, die in der Nähe der Stufe stehen. Es kommt eine neue Bewegung in die Menge. Alle wollen die Stufe sehen. Und plötzlich ist eine zweite Stufe da. Dann geht es ganz schnell, als ob ein Theatervorhang aufgezogen wird. Alle starren in den Himmel und verfolgen mit neugierigen Blicken die stetig wachsende Treppe. Ben, der ganz in der Nähe der Treppe steht, klopft das Herz bis an die Schädeldecke. Sollte alles wahr sein? Die Ewigkeit nun zum Greifen nahe? Er bahnt sich einen Weg zu der Treppe. Ohne viel nachzudenken, betritt er die unterste Stufe. Er denkt: Diese Treppe ist eine Möglichkeit, die Sehnsucht in den Griff zu bekommen. Doch der Gedanke bleibt abstrakt und unscharf.

Wenn ich stürze, werde ich sterben, denkt Ben, nachdem er einige Stufen hinaufgegangen ist. Es ist dasselbe Gefühl wie am Kanal, beim Anblick der toten Pferde und der Schwerter, der Menschen mit den seltsamen Blicken und den Masken. Es ist etwas Unbekanntes, ein dunkler Impuls, ein unerklärlicher Reflex, und er macht Angst. Ben ahnt die Gefahr, die in diesen Stufen verborgen liegt. Wenn ich stürze, werde ich sterben. Wie auch sonst ist die Ewigkeit zu greifen?

Wenn ich stürze, werde ich sterben. Aber wenn ich es schaffe, diese Treppe zu Ende zu gehen, dann werde ich die Ewigkeit vielleicht lebend erreichen.

Er geht weiter. Die anderen folgen ihm zögerlich. Er schaut nicht mehr nach unten, weil er merkt, wie es ihn in den Abgrund zieht. Wenn ich stürze, werde ich sterben. Plötzlich sinkt Ben auf die Knie, weil es zu hoch ist, und hält sich an dem Stein fest. Er bemerkt das Geräusch eines reitenden Pferdes. Am Ende der Treppe taucht wie aus dem Nichts der weiße Ritter auf. Der Ritter kommt näher, und ohne dass gesprochen wird, hört Ben seine Worte: Ihr seht mich und hört mich, ich kenne euch, und ihr folgt mir. Ich gebe euch das ewige Leben, und niemals werdet ihr umkommen, und niemand wird euch aus meiner Hand reißen.

Das ist kein Theater, denkt Ben, das ist kein Trick, und das ist auch kein Schauspieler. Überall funkelt es, hier und dort nimmt er schemenhafte Bewegungen von unterschiedlicher Geschwindigkeit wahr. Er merkt, wie ihn der Eindruck überfordert, denn er findet keine Beschreibung für das Erlebnis, es gibt keine Worte dafür. Der weiße Ritter beugt sich zu Ben hinab, reicht ihm seine Hand und hilft ihm auf. Dabei flüstert er ihm ins Ohr: Du wirst nicht stürzen. Dann an alle Kinder gewandt: Ich bleibe bei euch und ihr bei mir.

Dann ist er fort und Ben denkt, warum reitest du weg und sagst uns, du bleibst bei uns.

Da beginnt sich die Treppe aufzulösen. Ben beeilt sich und hastet die Stufen hinab. Er berührt die Erde in letzter Sekunde, dann ist auch die unterste Stufe nicht mehr da. Ein wenig Staub wirbelt auf und legt sich wieder. Die Kinder beginnen sich zu zerstreuen. Ben bleibt allein zurück. Schon fühlt es sich an wie ein Tagtraum. Bei dieser Hitze, denkt Ben, wer weiß. Er wischt sich mit der Hand den Schweiß von der Stirn.

Am Abend saßen sie zusammen im Innenhof ihrer Pension und sprachen über den Tag. Papa hatte etwas von einem Mörder aufgeschnappt, der in der Stadt sein Unwesen treiben soll, und Mama brachte das Gespräch noch einmal auf ihren Besuch im alten Ghetto. Wie gerne sie doch das Museum besucht hätte und vielleicht könne man ja noch einmal dort hingehen, dann aber etwas früher. Vier Tage würden ihnen ja noch bleiben, bevor es wieder nach Hause ginge. Ben zuckte bei dem Gedanken zusammen, den Platz noch einmal aufzusuchen. Jener Platz war zu etwas Besonderem geworden, vielleicht zu etwas, das Pastor Mühlstein heilig genannt hätte. Er fand jedenfalls kein besseres Wort, obwohl er gar nicht wusste, was es genau bedeutete. Aber er hatte in diesen Ferien vieles erlebt, das er nicht verstand. Er nahm sich vor, seine Erlebnisse zu Hause mit Herrn Mühlstein zu besprechen. Der würde ganz sicher an seinem Bericht über die Treppe, den weißen Ritter und über Venedig, der greifbaren Form der Ewigkeit, interessiert sein. Mit Mama und Papa konnte er jedenfalls nicht noch einmal zu jenem Platz gehen. Das erschien ihm nicht richtig. Aber seine Sorge war völlig unnötig, denn die restlichen vier Tage vergingen wie im Fluge und keiner der beiden hatte noch einmal das alte Ghetto erwähnt.

Der letzte Schritt

E s sei überhaupt nicht denkbar, ereiferte sich Herr
Balzek, dass ihn das Himmelreich einmal nicht
aufnehmen werde. Die Worte sprudelten heftiger
aus ihm heraus als geplant. Eine solch plötzliche Unbe-
herrschtheit war ihm fremd, hielt er sich doch für einen
ruhigen, ausgeglichenen Mann in den so genannten besten
Jahren. Der Mann im weißen Kittel, der an seinem Bett
stand und ihn die ganze Zeit aufmerksam musterte, schien
nicht im Mindesten beeindruckt. Ärzte sind doch solche
Patienten gewöhnt, dachte Herr Balzek, der ein aufrichtig
betretenes Gesicht machte und hoffte, dass diese Geste der
Scham gewissermaßen als Entschuldigung für seine Unbe-
herrschtheit angenommen wurde. Doch der Arzt äußerte
sich nicht, verzog nicht einmal sein Gesicht, ließ eine ganze
Weile vergehen, als gebe es nichts zu besprechen. Das reizte
Herrn Balzek zu neuem Zorn und er ließ sich noch einmal
zu einem für ihn so untypischen Ausbruch hinreißen. Müsse
er denn noch lauter werden, damit man es höre: Das Himmelreich stünde ihm, Christian Balzek, offen, basta! Er habe
schließlich eine Berechtigungskarte für das Himmelreich
vorzuweisen!

Sein Arzt hob endlich eine Augenbraue. Die Situation
war kompliziert. Wieso sprach Herr Balzek überhaupt vom
Himmelreich? Eigentlich hatte er nach dem Pflegepersonal
geklingelt, um eine Beschwerde vorzubringen. Die offen zur
Schau gestellte Behandlung seines Bettnachbarn war ebenso

entwürdigend wie beängstigend, und er hatte um einen Sichtschutz bitten wollen, oder besser noch, dass man ihn in ein Einzelzimmer verlegte. Nun war der Arzt gekommen und er schwadronierte über das Himmelreich.

Biep Biep Biep Biep Bssssstzzzzzzzt.

Schauerliche Geräusche drangen zu ihm herüber. An dem Bett des anderen stand ein halbes Dutzend vermummter Krankenpfleger und Ärzte in weißen und grünen, teils blutigen Arbeitskitteln. In der Hoffnung, dass das Leben noch einmal zu ihm zurückkehrte, jagten sie einem tot anmutenden Körper Strom in den Brustkorb. Zweimal hatte Herr Balzek aus äußerster Nähe beobachten müssen, wie das leblose Fleisch unter dem Einfluss von 360 Joule in die Höhe geschossen und ohne die geringste Eigeninitiative doch wieder reglos auf die Matratze zurückgefallen war.

Plötzlich schoss dem Toten Blut aus Nase und Ohren. Niemand machte sich die Mühe, es wegzuwischen oder aufzuhalten. Am schaurigsten war jedoch die ratlose Stille, nachdem der Strom abgestellt worden war. Ein Krankenpfleger hatte sich die Gesichtsmaske abgenommen. Sein Mund, der keine Worte fand, kein „das war's", kein „versuchen wir's noch einmal", stand halb offen und war vor Ekel verzerrt. Sein Blick, in dem Entsetzen lag, verfolgte den schicksalhaften Lauf, den das Blut nahm, entlang am Hals, an den Kanülen vorbei, die wie Splitter aus der nackten Schulter ragten, auf das weiße Kissen. Es war nicht zu entscheiden, ob es der Ekel vor dem Blut oder vor dem Tod war, der hier so süffisant seine grässliche Fratze zur Schau trug, oder ob es der Ekel vor sich selbst und der erlebten Unfähigkeit war, Totes in Lebendiges zu verkehren.

Während des dritten Wiederbelebungsversuchs hatte

Herr Balzek nicht mehr hinsehen können, sondern den Klingelknopf gedrückt. Er musste hier raus, konnte aber leider nicht alleine aufstehen.

Er könne einen Grund vorbringen, hatte sozusagen eine Eintrittskarte in das Himmelreich vorzuweisen, einen Grund, der durchschlagender sei als jede fromme Lebensart – so ehrlich müsse er sich selbst und natürlich auch seinem Schöpfer gegenüber sein und zugeben, dass er kaum Chancen habe, wenn nur die fromme Lebensart zählte – einen Grund, den im religiösen Sinne nichts Höherwertiges übersteige und der geschmiedet worden sei im Feuer, durch das er in den vergangenen Jahren seines Lebens in Wahrhaftigkeit gegangen sei.

Herr Balzek musste eine Atempause einlegen. Der Gedanke drohte verloren zu gehen. Was hatte er sagen wollen? Hektisch schnappte er nach Luft.

Biep Biep Biep Biep Bssssstzzzzzzzzt.

Der Grund. Der einzige aber hinreichende Grund, Herrn Balzek ins Himmelreich einziehen zu lassen.

Sein Arzt nickte ihm ermutigend zu. Endlich also doch eine Reaktion, die Interesse vermuten ließ, zumindest ein Funken rudimentärer Neugier.

Er, Herr Balzek, habe dem Widersacher widerstanden! Jawohl! Das war sein Grund. Seine Stärke. Sein Ass im Ärmel (derzeit: im Ärmel eines Krankenhaushemdchens, ha ha ha, sein Arzt schmunzelte). Der Widersacher habe ihn über Jahre hinweg herausgefordert und gequält. Er habe ihm die schlimmsten Dinge gezeigt. In Träumen habe er sich an seine Seele herangeschlichen und sie gezwickt. Seine Gedanken habe er verwirrt, doch habe er allen Versuchungen widerstanden. Er sei bereit.

Biep Biep Biep Biep Bssssstzzzzzzzt.

In der Mitte von Dr. Marbuses Jüngerkreis, dort drüben am Nachbarbett, zuckte der Tote im Takt der Maschinen. Wieso um alles in der Welt erspart man mir diesen Anblick nicht, dachte Herr Balzek. Notfall hin, Notfall her.

Verdammt schlaue Methoden habe der Mistkerl mit dem Pferdefuß, das müsse man ihm lassen, fuhr Herr Balzek fort, auf dessen Stirn sich erste Schweißperlen bildeten. Aber er sei darauf vorbereitet gewesen. Schließlich kenne er die Evangelien in- und auswendig, in denen an vielen Stellen von dem teuflischen Psychopathen die Rede war. Daher wisse er nun, wie man ihm in den Hintern treten könne. Der Evangelist Lukas, seinerzeit selbst ein Arzt, habe einen genialen Profiler abgegeben. Durch dessen Beschreibung der großen Versuchung Jesu habe Herr Balzek vieles über die Vorgehensweise des schlimmsten Serienseelenkillers in der Geschichte der Menschheit gelernt und sich gewappnet.

Sein Arzt hob erneut die rechte Augenbraue. Herr Balzek zuckte zusammen.

Es sei ihm doch hoffentlich nicht unangenehm, sich seine grausigen Erlebnisse mit dem Teufel anzuhören, fragte Herr Balzek, als er sich plötzlich gewahr wurde, dass er einen äußerst seltsamen Eindruck auf den Arzt machen musste, wie er so über den gehörnten Unterweltskassanova lamentierte.

Seit zwei Wochen lag Herr Balzek nun schon im Krankenhaus. Wegen einer Lappalie, das musste man betonen. Es handelte sich um eine Venenentzündung. Sehr ärgerlich. Als ein „kritischer Fall" bezeichnet zu werden, davon war er Lichtjahre entfernt. Äußerlich war nur eine rote Verfärbung der Haut an der seitlichen Wade zu sehen gewesen. Gut, natürlich war da auch der reißende Schmerz, der ihn letztlich ins Krankenhaus geführt hatte. Nach der Sonografie hatte der diensthabende Chirurg Herrn Balzek mit an Ironie grenzender Sachlichkeit mitgeteilt, die Vene sei vollkommen tot und könne ebenso gut entfernt wie im Bein gelassen werden. Ein Eingriff sei daher elektiv, also in Herrn Balzeks Entscheidungsbereich. Und weiter: Einen tollen Tag hätte Herr Balzek sich da ausgesucht, um mit so einer Lappalie ins Krankenhaus zu kommen, hätte er denn nicht bemerkt, wie voll die Notaufnahme sei. Herr Balzek antwortete, er habe in der Tat sechs Stunden im Warteraum verbracht, jedoch gemeint, das sei ein geringer Einsatz für eine Sache, die ihm vielleicht das Leben kosten könne. Diese Möglichkeit habe sich ihm bei der Heftigkeit der Schmerzen als durchaus wahrscheinlich dargestellt. Ob er mit seiner Einschätzung denn so falsch gelegen hätte? Der Chirurg hatte gelacht. Erst herablassend, weil ein Laie den vagen Versuch einer Diagnose unternommen hatte, dann mitleidig, weil sich Herr Balzek, nun im Schatten des Experten, offenkundig völlig geirrt hatte. Dann hatte der Chirurg ein Poster an die Wand gehängt, welches das Gefäßsystem in den Beinen darstellte, und Herrn Balzek einen beeindruckenden Vortrag gehalten, von dem er nichts mehr erinnerte. Alles in allem waren nur die beiden Wörter „Lappalie" und „elektiv" hängen geblieben.

Eine Lappalie. Eingriff elektiv. Nun waren zwei Wochen vergangen und Herr Balzek befand sich immer noch im Krankenhaus.

Eines führe zum anderen, hatte ihm sein Arzt am vierten Tag seines Krankenhausaufenthalts mitgeteilt. Das Herz, die Gefäße, im Bein, im Kopf. Irgendwie hinge ja alles zusammen. Der Körper sei ein komplex vernetztes, außerdem einzigartiges, aber doch auch sehr fragiles System, in seiner physiologischen und biochemischen Ästhetik voller Wunder und Geheimnisse. Ein Systemabsturz, scherzte sein Arzt, sei bei Herrn Balzek jedoch nicht zu erwarten. Er teilte Herrn Balzek abschließend mit, dass er noch drei weitere Tage stationär bleiben müsse, natürlich nur zur Beobachtung.

Sehr ärgerlich, hatte Herr Balzek gedacht, den Kollegen im Büro wächst sicherlich schon die Arbeit über den Kopf, während mich eine Lappalie ans Krankenhausbett fesselt.

Sei ihm sein Gerede denn nicht unangenehm, fragte nun Herr Balzek zum wiederholten Male, denn das penetrante Schweigen des Arztes verunsicherte ihn. Er musterte seinen Arzt, konnte aber keine Anzeichen von Gereiztheit finden.

Auf einmal gab sein Arzt seine zurückhaltende, höflich abwartende Position auf und blickte ihn neugierig an. Was habe er denn, fragte er, von der Versuchung Jesu in Sachen Kriegsführung gegen den Widersacher gelernt. Herr Balzek wähnte für einen Augenblick Hohn in seiner Stimme zu bemerken. Dennoch antwortete er überzeugt: Selbstbeherrschung. Zurückhaltung. Bescheidenheit. Wenn es um eine Versuchung geht, natürlich.

Natürlich, so, so. Und das habe genützt, fragte sein Arzt, nun mit offenem Hohn, wie Herr Balzek fand, der sich plötzlich sehr klein vorkam.

Herr Balzek schwieg eine Weile.

Biep Biep Biep Biep Bssssstzzzzzzzt.

Herr Balzek schloss die Augen und bemühte sich, das Geräusch auszublenden.

Live and let die, schoss es ihm plötzlich durch den Kopf. Und weil ihm nicht einfiel, wie der Songtext weiterging, spulte sich immer wieder diese Passage in seinem Kopf ab: Live and let die, live and let die, live and let die.

Das sei natürlich nur die halbe Strategie, fuhr Herr Balzek fort, der sich nochmals wunderte, mit welcher Hartnäckigkeit die Worte aus ihm heraus drängten. Es war fast so, als spräche jemand anderes mit seinem Mund.

Er bemerkte den Schweiß auf seiner Stirn. Zu den Geräuschen der Maschinen gesellte sich ein merkwürdiges Brummen. Er sah sich ängstlich um, konnte die Quelle aber nicht orten. Überrascht stellte er fest, dass es dunkler geworden war. Das Licht in dem Zimmer schien gedämpft worden zu sein. Wo war die Tür?

Nun mal sachte, sagte sein Arzt, der die Veränderungen auch bemerkt hatte. Er lächelte Herrn Balzek freundlich an und sämtlicher Hohn war von ihm gewichen. Eine Hand legte sich sanft auf Herrn Balzeks linken Arm und verweilte dort. Eine angenehme Wärme strahlte von dieser Hand aus. Damit ergab sich eine neue Interpretation der Situation: Er hatte einen Freund an seiner Seite. Nur der Name seines Arztes wollte ihm nicht mehr einfallen. Er hatte ein äußerst schlechtes Namensgedächtnis. Alles in allem meinte es sein Arzt wohl doch gut mit ihm, und so ließ er sich tiefer in sein Kissen sinken.

Selbstbeherrschung. Zurückhaltung. Bescheidenheit.

Je länger Herr Balzek über diese drei Punkte nachdachte, desto mehr wirkten sie wie aus einem Standardkatalog für Tugenden vorgelesen, und desto mehr musste er sich eingestehen, dass sie nichts mit der Versuchung zu tun hatten. Vielleicht wäre noch etwas zu ändern gewesen, wenn er sie aufgebracht hätte.

Er hatte es aber nicht.

Er, der Widersacher, habe ihm Stärke versprochen, fuhr Herr Balzek fort, so etwas wie ein Heimatgefühl entwickeln lassen und versichert, dass er, Herr Balzek, alles in allem einen annehmbaren Charakter aufweise. Auch wenn dafür mehr als zehn Jahre notwendig gewesen seien, habe Herr Balzek das letztlich als Finte durchschaut. Zehn Jahre hatte er verloren. Doch dann war er der Asche seines verbrannten Lebens entstiegen.

Nachdem er dem Widersacher eine Abfuhr erteilt hatte, habe der gezickt wie eine Berggämse, die in einem Stacheldrahtzaun hängengeblieben war. Eine Dämonenarmee habe er auf Herrn Balzek losgelassen, doch da sei er gelassen geblieben. Schließlich sei Jesus zu Besuch gekommen und habe ihm anerkennend auf die Schultern geklopft.

Dieses Mal beobachtete Herr Balzek seinen Arzt ganz genau. Er verabreichte ihm eine beachtliche Ladung spirituellen Tobak. Doch der höhnische Ausdruck kehrte nicht in das Gesicht seines Arztes zurück.

Ob er nicht weiter ausführen wolle, was es nun mit dem Grund, seiner Berechtigungskarte für das Himmelreich, auf sich habe, bat sein Arzt. Er wolle wirklich gern erfahren, ob seine Argumentationskette lückenlos und schlüssig sei.

Habe man denn mit spitzfindigen Juristen an der Himmelspforte zu rechnen, scherzte Herr Balzek und lachte das erste Mal seit vielen Wochen herzhaft. Sein Arzt lachte ebenfalls. Die Distanz zweier Seelen hat sich gerade halbiert, dachte Herr Balzek erfreut.

Das sei ja nur das Vorspiel mit der hysterischen Gämse gewesen, nahm Herr Balzek seine Geschichte wieder auf. Er habe sich zunächst in Sicherheit gewogen und das sei er auch gewesen. Die Gegenwart Gottes habe er nie deutlicher gespürt als in jener Zeit vor drei Jahren. Absolute Nähe zur Lebensquelle. Ein kompromissloses Vater-Sohn-Ding. Dass dem Widersacher so ein Gekuschel mit Mr. Universe schwer im Magen liegen würde, hätte er rückblickend betrachtet voraussahnen müssen, er sei aber vollkommen arglos und sorgenfrei gewesen. Und so, vor drei Jahren, habe der Widersacher die zweite Runde eingeläutet, doch dieses Mal weniger subtil, stattdessen sei offen Krieg geführt worden.

Herr Balzek hielt inne. Er merkte, wie alle Kraft aus ihm wich und er von einem starken Schwindelgefühl in die Knie gezwungen wurde. Nur lag er bereits in einem Bett, und das machte es umso schlimmer. Sein Arzt hielt Herrn Balzek mit beiden Händen fest, als ob er trotzdem fallen könne.

Sehr professionell reagiert, dachte Herr Balzek, während er für einen Augenblick in einem schwarzen Raum ohne Boden, Fenster und Türen gefangen war. Sah er den Anflug einer Erschütterung bei seinem Arzt?

Das ist seltsam, dachte Herr Balzek, steht es denn wirklich so schlimm um mich.

Biep Biep Biep Biep Bssssstzzzzzzzt.

Da war es wieder, das singende Grinsen der tanzenden Gräuelelektroden an seinem Bettnachbarn, dessen toter Körper sich einfach nicht wieder mit den Naturgesetzen in Einklang bringen lassen wollte. Hatte ihn der armselige und irgendwie hoffnungslos wirkende Zustand des anderen zunächst geängstigt und über dieses Gefühl in Wut kommen lassen, tat er ihm nun einfach leid.

Warum man ihn nicht einfach gehen lasse, fragte Herr Balzek und zeigte auf seinen Bettnachbarn. Ob man dieses Spiel weitertreiben wolle, bis das Krankenhaus die Stromrechnungen nicht mehr bezahlen könne.

Dieses Mal lachte sein Arzt nicht, sondern drehte sich mit einem traurigen Blick weg.

Dann sagte sein Arzt, man würde eben alles versuchen, denn Leben sei kostbar, einfach zu kostbar, um es angesichts der menschlichen Errungenschaften und Erkenntnisgewinne gerade auf dem Gebiet der Medizin so gehen zu lassen. Man müsse bis zur letzten Sekunde Hoffnung haben und entsprechend handeln. Herrn Balzek sei es versichert, dass es die Lebensretter ebenso anstrenge, den Menschen wieder ins Leben zurückzuholen, wie es den Toten anstrenge, sich noch einmal vom Jenseits zu lösen, nachdem er einmal durch die Tür in die jenseitige Welt geblickt hatte. Manche Menschen würden vielleicht sofort nach ihrem Tod vergessen, dass sie jemals auf der Erde gelebt hatten. Und andere würden umgehend von den seelenfressenden Aasgeiern aus dem Gefolge des Widersachers abgeführt werden. Aber ansonsten wolle niemand gerne wieder zurück.

Stumm starrte Herr Balzek seinen Arzt an, der ebenfalls in nachdenkliches Schweigen verfallen war.

Herr Balzek wagte einen vorsichtigen Blick zum Nebenbett, aber er schaute nicht nach dem toten Mann, sondern nach denen, die um ihn herum standen, die in der verordneten Hoffnung auf Leben handelten. Ihre Blicke sprachen eine deutliche Sprache: Erschöpfung. Trauer. Starre. Eine Frau gab den Defibrillator an einen Kollegen weiter und schüttelte die Hände aus. Ein anderer nutzte den Augenblick, um sich den Nacken zu reiben. Niemand sprach, nur schweres, erschöpftes Atmen füllte den Raum. Es waren Helden. Wie auch immer ihr Kampf mit dem Tod ausging, es waren Helden, weil sie aus Hoffnung handelten. Keine Frage.

116

Herr Balzek war noch jung und seine Lappalie machte das alles Gott sei Dank nicht nötig, aber wusste er, wie fern der Tod für ihn wirklich war? Zwei Wochen waren zwei Wochen, und alles hing mit allem zusammen. Konnte man es wissen?

Er habe Engel gesehen. Es sei alles andere als wundervoll gewesen. Zunächst habe er ihnen ins Gesicht geschaut und, lobe Gott, was waren das bloß für hübsche Geschöpfe. Er könne sich allerdings jetzt schon, nur drei Jahre später, nur noch verschwommen an ihre Gesichter erinnern. Nur teilweise seien menschliche Züge erkennbar gewesen. Ein Engel sei nahe an ihn herangekommen. Sie hätten sich in die Augen gesehen, nur fehlten dem Engel Pupillen. Seine Augen erschienen wie ein bewegter See. Letztlich aber sei der Kern ihrer Schönheit aus einem Stoff gewoben, den man in dieser Welt nicht kannte.

Dann habe sich der Engel von ihm entfernt und den Blick freigegeben auf seinen Rücken. Seit jenem Augenblick habe Herr Balzek sofort gewusst, dass dem Widersacher endgültig der Geduldsfaden gerissen war und er Herrn Balzek, seinen ehemaligen Schützling, wiedererobern wollte. Denn wo Herr Balzek stolze Flügel erwartet hatte, ragten nur noch Stümpfe aus dessen Körper. Noch im selben Augenblick sei ihm bewusst geworden, dass er sich in der Luft befand, irgendwo zwischen den Welten, und mit dem Engel flog. Der Engel habe sich dann von ihm entfernt. Gestürzt sei er, und das vollkommen reglos. Sein edles Gesicht zu einer steinernen Maske erstarrt. Dem Schicksal ergeben. Bereits tot. Herr Balzek habe noch versucht, ihn festzuhalten, aber das Wesen sei unter seinem Griff zu Staub zerfallen und auf eine unbekannte Welt herabgerieselt. Dann erst sei er gewahr geworden, dass Tausende von Engeln den Luftraum bevölkerten, zwischen ihnen unscharfe, schwarze Kreaturen, die ihre rasiermesserscharfen Klauen an allen Wesen wetzten, die Flügel besaßen. Einer nach dem anderen sei zerfetzt worden, begleitet von schrillen Geräuschen, die Herrn Balzek letztlich aus dem Schlaf gerissen hätten. Der Satz „nur ein Traum", den er sich für gewöhnlich vorsagte, wenn er aus einem Albtraum erwachte, habe in jener Nacht seine Bedeutung verloren. Viel schlimmer noch als der Eindruck, seine Seele habe seinen schlafenden Körper verlassen, war die Gewissheit, dass der Widersacher all jene gottesergebenen Geschöpfe nur aus einem einzigen Grund zerstört hatte. Und dieser Grund, da gebe es gar keine Diskussion und kein Pfarrer der Welt könne Herrn Balzek von etwas anderem überzeugen, dieser Grund lag einzig und allein in ihm selbst begründet, in seiner Abtrünnigkeit. Der sadistische Widersacher sehe in ihm einen zum Licht gekehrten Verräter und jenes grauenhafte Schauspiel habe er ganz allein für Herrn Balzek veranstaltet, um seine Stärke und Überlegenheit zu demonstrieren. Er, Herr Balzek, habe Engel auf dem Gewissen. Wie bitteschön solle man das seinem Schöpfer ins Gesicht sagen können.

Herr Balzek war laut geworden. Speichel flog in alle Richtungen. Die Bettdecke und das Kissen waren schweißgetränkt. Aber weshalb rasselte es in seinem Hals, jedes Mal, wenn er ausatmete?

Weil er sich nicht aufrichten konnte, haftete sein Blick an der kahlen, weißen Decke. Er traute sich nicht, seinem Arzt ins Gesicht zu sehen und überlegte erneut, wie wohl sein Name lautete, konnte sich aber immer noch nicht erinnern.

Er solle sich nicht zu sehr sorgen, versuchte ihn sein Arzt zu beruhigen, dessen Hand wieder auf seinem Arm ruhte.

Manchmal erzeuge der Teufel auch Trugbilder, sagte der Arzt nach einer längeren Stille. Was nicht heißen solle, dass er Herrn Balzek nicht glaube. Ganz im Gegenteil sei er selbst ein recht spiritueller Mensch und wisse, ebenfalls aus eigener Erfahrung, dass die Seele den Körper eines Menschen verlassen könne, wenn sich der Körper in einem bestimmten Zustand befände, zum Beispiel dann, wenn der Körper nicht auf die Seele angewiesen sei, wie es eben im Schlaf der Fall sei. Es sei also durchaus möglich, dass Herr Balzek tatsächlich in eine andere Dimension geholt worden war, man ihm aber dort Trugbilder vorgegaukelt hätte. Die ganze Sache sei doch recht komplex und kompliziert, es übersteige schlichtweg das Vorstellungsvermögen vieler Menschen. Herr Balzek sei da anders gestrickt, zum Glück.

Herr Balzek ergriff die Gelegenheit und dankte seinem Arzt für seine aufmunternden Worte und dafür, dass er ernst genommen wurde, womit er nicht gerechnet hatte angesichts der Absurdität seiner Erlebnisse. Ein Grad an Absurdität, der sich zwangsläufig ergab, wenn man perspektivisch auf ein eindimensional-materielles Weltbild fixiert war, was seinem Eindruck nach allerdings auf die ganze Menschheit zutraf.

Biep Biep Biep Biep Bssssstzzzzzzzt.

Zu den Schweißtropfen mischten sich nun Tränen, als weitere Erinnerungen in Herrn Balzek hochstiegen. Er fühlte sich in Eile. Die Angelegenheit begann zu drängen. Doch weshalb das so war, das erschloss sich Herrn Balzek nicht. Nur dieser eine Gedanke: Es musste erzählt werden.

Endlich erzählt werden.

Er sei gewiss nicht so leicht zu beeindrucken gewesen, wenngleich er sich stark erschöpft gefühlt hatte, und so sei der Kampf schon in der folgenden Nacht weitergegangen. Herr Balzek sprach nun sehr leise, weil ihm das Sprechen schwerfiel. Man habe ihn auf ein Schiff gebracht, das der untergehenden Sonne entgegensegelte – auf einem Meer von Blut. Er sei völlig allein gewesen auf dem Schiff, ohne nautische Kenntnisse und in dem Bewusstsein, dass es nirgends Land gab. Die Welt war ertrunken in den blutigen Überresten des letzten großen Gemetzels. Es war die Welt der Engel. Ohne Ziel und ohne Hoffnung auf Entkommen ließ man ihn dahin segeln. Seine Seele sollte in Einsamkeit sterben.

Jener blutige Ozean, fasste Herr Balzek kurzatmig zusammen, sei der von Gott am weitesten entfernte Punkt des Universums gewesen. Eine Welt des Todes. Um das herauszufinden, habe er keine Navigationsgeräte und Seekarten gebraucht. Allein mit seinem Herzen habe er sich in jenem schrecklichen Moment verorten können.

Und doch, schloss sein Arzt, sei das Leben wieder einmal stärker gewesen als der Tod und habe Herrn Balzeks Seele gnädiger Weise in diese Welt zurückgeholt, er sei ja immerhin wieder aufgewacht.

Oh ja, aber in der nächsten Nacht sei er erneut zwischen die Fronten kämpfender Engel und Dämonen geraten, und das wiederholte sich Nacht für Nacht.

Herr Balzek musste eine Pause einlegen. Die Erinnerungen waren stark und intensiv, und er wusste, dass sie ihn leicht überwältigen konnten, wenn er sich nicht zusammennahm. Es war eine der Taktiken des Widersachers, mit

Langzeitwirkung zu kämpfen. Für ihn tickte die Zeit anders als für die Menschen auf der Erde. Er hatte viele Jahrzehnte Zeit, und wenn es sein musste, wartete er auch einhundert Jahre. Nur das Ergebnis zählte. Wann Herr Balzek sich ihm ergeben würde, spielte im Prinzip keine große Rolle, solange er sich noch ergab, bevor er starb. Selbst auf dem Sterbebett war eine Bekehrung zu Gott noch wirksam, und so musste sich der Widersacher bemühen, bis zum letzten Atemzug präsent zu bleiben. Danach war es wohl entschieden: Himmel oder Hölle.

Sein Arzt überlegte. Dann räusperte er sich. Der Teufel habe Herrn Balzek also zeigen wollen, dass sein Reich mächtiger war als das Reich Gottes. Dämonen töteten Engel. Gab es einen überzeugenderen Beweis! Wieso hatte sich Herr Balzek dennoch nicht ergeben – oder hatte er es?

Eine lange Pause, in der Herr Balzek nach Luft rang. Dann flüsternd: Jesus habe ihn doch besucht.

Besucht?

Ja, besucht. Das habe ihm ausreichend Stärke verliehen, bei seinen nächtlichen Exkursionen standhaft zu bleiben.

Sein Arzt gab sich beeindruckt und nickte anerkennend. Ob er wirklich verstand, was jener Besuch bedeutet hatte, wusste Herr Balzek nicht. Er fand keine Worte, es zu erklären.

Jesus sei sein Freund, murmelte Herr Balzek mehr zu sich selbst, den Blick auf ein fernes Land gerichtet, das jenseits der Krankenzimmerwände lag. Er könne ihn rufen, wann immer er seine Hilfe benötigte.

Und das habe geholfen, fragte sein Arzt, der offensichtlich ein sehr gutes Gehör hatte.

Erneut wunderte sich Herr Balzek über das Interesse,

das sein Arzt ihm entgegenbrachte. Er konnte sich nicht erinnern, in den vergangenen zwei Wochen so viel mit ihm gesprochen zu haben wie gerade heute.

Er starrte den Doktor lange an und ihm fiel etwas Merkwürdiges auf: Nur wenige Schritte entfernt starb ein Mensch. Statt ihm beizustehen, sorgte sich sein Arzt um das Seelenheil des Lappalie-Patienten Balzek.

Es seien genügend qualifizierte Kollegen im Einsatz, man könne ihn entbehren, er gehöre ohnehin nicht zu dem Team und würde alles durcheinanderbringen. Er solle vertrauen.

Der Doktor schien auch noch Gedanken lesen zu können. Aber wahrscheinlich hatte er Herrn Balzeks fragenden Blick bemerkt. In der Tat war sein Arzt ein aufmerksamer Mensch, dem keine Nuance des Lebens zu entgehen schien.

Herr Balzek wollte nicht mehr an den Toten in dem Bett denken. Vergiss ihn und konzentriere dich auf deine Geschichte und auf mich, sagte sein Arzt geheimnisvoll.

Herr Balzek suchte die Zimmerdecke nach regelmäßig kehrenden Mustern ab, um sich abzulenken. Es gab keine. Es gab überhaupt nichts außer einer immer unheimlicher werdenden Irritation. Was war hier eigentlich wirklich los?

Er solle doch bitte fortfahren, ermunterte ihn sein Arzt und schüttelte ihn leicht. Seine Hand wich nicht von ihm. Er wolle ihn nicht drängen, andererseits sei ihre Zeit zum Reden auch nicht unbegrenzt.

Der Widersacher habe letztlich persönlich bei ihm vorbei geschaut, erzählte Herr Balzek unter Anstrengung weiter. Es geschah natürlich mitten in der Nacht, wenn sich die Seele vom Körper löst und am angreifbarsten ist. Er habe versucht, sein Herz zum Stehen zu bringen. Kein Scherz, kein

Traum – er habe versucht, ihm den Brustkorb zu zerquetschen und anschließend seine Seele einzukassieren. Er sei aus einem traumlosen Schlaf aufgeschreckt und alles schien in Ordnung – bis auf die Tatsache, dass die Atmung nicht mehr funktionierte. Nach einem kurzen Moment der Verwunderung habe er bemerkt, dass er seinen gesamten Körper nicht mehr spürte. Wie ein durch Curare gelähmtes Vieh habe er dort im Bett gelegen und sich gefragt, wer wohl stärker sein würde – sein Körper oder sein Wille. Er befahl seinen Lungen zu atmen. Nichts geschah, außer dass sich seine Verwunderung in haltlose Panik verwandelte.

Ob er Angst gehabt hätte, sterben zu müssen, fragte sein Arzt.

Ob er bereits tot war, das habe er sich gefragt, entgegnete Herr Balzek. Und jener Eindruck habe sich verstärkt, als er eine Silhouette bemerkte, die sich, eingefärbt in ein noch tieferes Schwarz als die Dunkelheit der Nacht, neben sein Bett gesellte. Da habe er sich gefragt, ob der Widersacher ihn zu seiner letzten Reise abholte. Dass er möglicherweise schon tot war, fand er weniger schlimm, aber dass der Widersacher persönlich bei ihm vorstellig geworden war, das habe ihm derartige Angst gemacht, dass er sofort nach Gott gerufen habe. Natürlich habe er ihn nicht wirklich gerufen, da ja keine Luft mehr in seinen Lungen vorhanden war, aber innerlich habe er geschrien, dass die Wände zwischen den Welten gewackelt haben mussten.

Sein Arzt schmunzelte.

Herr Balzek könne nicht sagen, dass das eine überlegte Tat gewesen sei. Vielmehr eine Art Überlebensinstinkt. Er habe sich auf seinen Glauben berufen wollen, um dem Widersacher zu signalisieren, dass er umsonst gekommen war.

So machte man es ja auch bei lästigen Verkaufstelefonaten, man sagte, man sei schon bei der Konkurrenz unter Vertrag und nicht an etwas anderem interessiert. Als Reaktion darauf beugte sich die Silhouette tief zu ihm herab und drückte ihm erneut den Brustkorb zusammen. Zu seinem eigenen Erstaunen sei tatsächlich noch ein wenig Luft aus seinen Lungen entwichen, womit definitiv alle Sauerstoffreserven aufgebraucht gewesen waren. Was dann geschah, ließ sich kaum beschreiben. Statt sich zu ergeben, rief er nochmals nach Gott und bat ihn um Befreiung. Wie auf einen Schlag war die Silhouette verschwunden und Herr Balzek bekam mit voller Wucht das Gewicht eines schweren Körpers zu spüren – es war sein eigener, der aus der Lähmung befreit worden war.

Wow, staunte sein Arzt.

Das sei noch nicht alles gewesen, denn nun – auch wenn es vielleicht albern klänge und wie aus einem gewöhnlichen Fantasy-Roman kopiert – bildete sich eine Art Schutzschild aus weißem Licht um seinen gesamten Körper und versetzte Herrn Balzek in eine Stimmung euphorischen Glücks. Da habe er gewusst, dass Jesus ihn besucht hatte. Bingo!

Die Symptome könnten auch auf ein Störungsbild zutreffen, das sich Pavor Nocturnus nennt, warf sein Arzt ein: nächtliches Hochschrecken mit Panikzuständen. Auch als Nachtschreck oder Schlafterror bezeichnet.

Das sei ausgeschlossen, erwiderte Herr Balzek entrüstet. Könne das Störungsbild ja kaum den zweiten Teil der Geschichte, nämlich den Abschnitt mit dem weißen Licht und dem Glücksgefühl erklären. Überhaupt würde er wohl kaum unter Halluzinationen leiden.

Sein Arzt lachte und versicherte Herrn Balzek, dass er

das auch nicht glaube und es nicht so gemeint habe.

Indessen war es um das Bett neben Herrn Balzek sehr ruhig geworden. Weil die Maschinen nicht mehr zu hören waren, wagte er einen Blick hinüber. Das Team ließ geschlossen die Schultern hängen. Die Maschine war ausgestellt.

Seit sechs Minuten, sagte sein Arzt.

Tot, fragte Herr Balzek ängstlich.

Er wisse es doch, antwortete ihm sein Arzt. Er wisse es doch, und es sei nun an der Zeit, einige Dinge zu klären, die Herrn Balzek beunruhigten.

Ihn beunruhigten, fragte Herr Balzek.

Es sei ihm möglicherweise nicht bewusst, aber gewisse Dinge in diesem Zimmer würden Herrn Balzek beunruhigen, seit er das Zimmer betreten hatte.

Herr Balzek konnte dem nichts entgegnen. Das Dunkelwerden, das plötzliche Brummen. Andere Dinge, wie zum Beispiel...

...wie zum Beispiel die Tatsache, dass Herr Balzek in einem Einzelzimmer lag, fragte sein Arzt schmunzelnd.

Richtig, erwiderte Herr Balzek tonlos, wie zum Beispiel, dass er in einem Einzelzimmer lag.

Ob er wisse, was die Abkürzung N.T.E. bedeute, wollte sein Arzt wissen.

Nein, das wisse er nicht, entgegnete Herr Balzek abwesend. Seine Gedanken kreisten um sein Zimmer, das ein Einzelzimmer war. Und um die letzten zwei Wochen. Was war geschehen, dass er mit einer Lappalie eine solch lange Zeit im Krankenhaus verbracht hatte?

Er erinnerte sich nur bruchstückhaft an das Erstgespräch

mit dem Chirurgen. Eine elektiv zu behandelnde Lappalie. Herr Balzek hätte sich unter normalen Umständen niemals freiwillig mit einer solchen Operation einverstanden erklärt. Also musste etwas anderes passiert sein. Er spürte seinen Schmerzen im Bein nach, die er vor zwei Wochen gehabt hatte. Das Ziehen irgendwo im Innern des Muskels und die Hitze auf der Haut, die er kaum berühren konnte, ohne dass ihn heftige Schmerzen überkamen.

Nach dem Gespräch mit dem Chirurgen geht er zu dem Parkplatz zurück. Plötzlich gesellen sich neue Schmerzen zu denen im Bein. Die neuen Schmerzen strahlen vom Herzen aus. Er stöhnt und etwas reißt innerlich entzwei. Jedenfalls fühlt es sich so an. Er findet sich auf dem Boden wieder, nach Luft ringend. Er besitzt keine Kraft, um sich aufzurichten und muss hilflos wie ein Käfer auf dem Rücken liegen bleiben. Sein Blick ist in den Himmel gerichtet, der unendlich weit entfernt erscheint. Wie hell doch der Himmel ist, denkt er, und vollkommen wolkenlos. Ein gleißend blaues Meer. Panik steigt in ihm auf, nicht etwa wegen der Schmerzen, der Atemnot und dem Reißen in seiner Brust, sondern weil er sich in diesem Moment so einsam fühlt wie nie zuvor. Plötzlich denkt er Seltsames.
Er denkt ans Sterben.
Sterben ist eine einsame Angelegenheit. Niemand geht mit, niemand fängt dich auf, keiner kommt dir entgegen. Die vollkommene Isolation deiner Seele im Käfig deines einzigartigen neuronalen Netzwerks. Der letzte Moment, in dem dein Gehirn einen letzten bewussten Gedanken formt. Dein letzter Gedanke, eingemauert inmitten ausklingender elektrischer Impulse. Du bemerkst, dass du alle jemals im

Leben gedachten Gedanken immer noch in dir hast, sicher verwahrt in einem Tresor, deren Zahlenkombination dir plötzlich wieder einfällt. Sie alle kommen dir angesichts des letzten Gedankens, den du bald haben wirst, plötzlich so wenig vor, dass du sie in einen Brustbeutel steckst und sie dir um den Hals hängst. Du merkst das Gewicht kaum und wunderst dich, warum dir im Leben so vieles so wichtig erschienen war und es am Ende doch nur einen Brustbeutel füllt. Du wunderst dich, dass du das Leben für so aufregend, oft dramatisch erachtest hast, ohne die Essenz zu bedenken, die am Ende in Größe und Bedeutsamkeit einem Regentropfen gleicht: ein einsamer Mikrokosmos mit der vollständigen Architektur des Lebens, der vom Himmel fällt und in der Erde stirbt. Teil deines letzten Gedankens ist auch die Frage, wie es weitergehen wird. Der Gedanke beginnt sich zu dehnen, bis die Zeit stillsteht. Dein Zögern provoziert das Gefühl, noch etwas tun zu müssen, um sterben zu können. Das Gefühl, dass dein Körper das Leben nicht freiwillig ziehen lassen wird und du ein Zeichen des Einverständnisses geben musst. Du möchtest den letzten Schritt tun. Den letzten Schritt, mit dem du den Mikrokosmos verlässt, in die Erde tauchst, deine Struktur aufgibst. Du kennst die unbekannte Welt nicht, die du betrittst. Es könnte ein Abgrund sein, den du auf ewig hinabstürzt. Den letzten Schritt gehst du allein. Er ist der Abschied ohne Wiederkehr. Er führt dich fort von den vertrauten Dingen und überlässt dich einer Wirklichkeit, die du nie kennengelernt hast.

Wie kann ein Mensch den Willen zu solch einem Schritt aufbringen? Keine Pflanze lässt den Boden los, in den sie gelegt worden ist, denkt er mit schwindenden Sinnen.

Herr Balzek runzelte die Stirn. Weshalb hatte er in jenem Moment überhaupt ans Sterben gedacht? Eine Entzündung der Vene war eine Lappalie, wie ihm der Chirurg versichert hatte – auch wenn er ihm die tote Vene gern aus dem Bein geschnitten hätte. Auf dem Boden eines staubigen Parkplatzes zu liegen, nach Luft zu ringen, sich nicht bewegen zu können und das Gefühl zu haben, es explodiere einem die Brust, darum betend, man hätte die Kraft zu schreien und nichts inständiger zu hoffen, man würde von jemandem gefunden und gerettet werden, war das wirklich noch eine Lappalie?

Er hatte es vergessen.

Aber den Himmel hatte er nicht vergessen. Wie sich aus dem Blau eine weiß strahlende Öffnung auftat und er dachte, das sei es nun gewesen und nun käme der letzte schwere Schritt ins Himmelreich hinein. Wie er dachte, dass es überhaupt nicht denkbar sei, dass ihn das Himmelreich einmal nicht aufnehmen werde. Wie er dachte, dass er mit Jesus auf der sicheren Seite sei, und dass er bald am Zenit auftauchen werde, um ihn persönlich in die Ewigkeit zu geleiten. Vielleicht, er wagte es kaum zu hoffen, vielleicht würde Jesus ihn sogar bei seinem letzten großen Schritt begleiten und ihm die Angst nehmen. Und wie er dachte, dass dies alles in seinen besten Jahren mit all den Dingen, die er noch vorgehabt hatte, ihm nicht passieren könne, und dass er nie wieder freiwillig ein Krankenhaus betreten würde, wenn das dabei herauskäme. Wenn du zu einem Arzt gehst, wirst du krank, hatte sein Hausarzt einmal im Scherz gesagt. Herr Balzek begann, sich seine Eintrittskarte in das Himmelreich vorzusagen: Selbstbeherrschung, Zurückhaltung, Bescheidenheit. Er dachte auch daran, dass Jesus ihn besucht hatte.

Bereit für den letzten Schritt fühlte er sich dennoch nicht. Das gleißend weiße Licht am Himmel wurde zu einem großen Deckenstrahler in einem Operationssaal. Herr Balzek lag auf einem weißen Tuch und starrte an die Decke.

Die Stimme eines gesichtslosen Mannes, der irgendwo hinter seinem Bett stehen musste, informierte ihn, dass er gerade aus der Narkose erwachte und nicht alle Gliedmaßen schon wieder funktionsfähig waren. Er solle sein und sich entspannen. Alles sei gut.

Herr Balzek hätte den Mann gern gefragt, wie alles gut sein könne, wenn er in einem Operationssaal läge, den er aus freien Stücken nicht betreten hatte. Stattdessen murmelte er nur etwas Unverständliches, worauf die unbekannte Stimme antwortete, es sei alles in Ordnung und er in den besten Händen. Man kümmere sich um ihn, bis alles wieder von selbst ginge.

Dann war der Mann um das Bett herumgegangen und hatte sich zu ihm herab gebeugt. Herr Balzek blinzelte noch halb betäubt in das Gesicht des Mannes, der ihn die nächsten zwei Wochen täglich besuchen würde. Er stellte sich mit seinem Namen vor, aber Herr Balzek konnte sich partout nicht mehr an ihn erinnern.

Als sich das Deckenlicht fortbewegte, kam seine Angst zurück, bis er bemerkte, dass er aus dem Saal geschoben wurde. Dann fielen ihm die Augen zu.

Er erwachte in einem kleinen und ruhigen, durch halb transparente Vorhänge abgedunkelten Raum. Die Stille war so unnatürlich, dass Herr Balzek meinte, schon bei den Toten zu liegen. Aber dann entdeckte er bunte Blumen neben dem Bett und seinen Arzt, der ihn lächelnd willkommen hieß. Dies war ganz offensichtlich noch nicht das Reich der

Toten, nicht einmal der Vorhof. Herr Balzek fühlte sich schwach aber auf eine selten erlebte Art glücklich.

Niemand war zu Besuch gekommen, weder am ersten Tag nach dem hellen Licht, noch an irgendeinem anderen Tag. Wo steckten all seine Verwandten, seine Kollegen und Freunde? Er war seit drei Jahren nicht mehr verheiratet, aber er hatte Kinder. Esther und Jana – ihre Abwesenheit zerriss ihm das Herz. Wo waren sie jetzt? Sie studierten doch nicht irgendwo im Ausland, von wo aus sie Papa nicht erreichen konnten. Esther lebte in Köln und saß wahrscheinlich gerade im Dom, um Skizzen für ihre Examensarbeit anzufertigen. Sie konnte sich tagelang in historischen Gebäuden aufhalten. Kunstgeschichte ist ein Fach, das zur geduldigen Betrachtung erzieht. Ganz anders Jana, die in einem Fitness-Center in Mainz Ernährungskurse leitete. Warum waren nicht einmal seine eigenen Töchter gekommen, um ihn zu besuchen?

Dann kam ihm ein unerträglicher Gedanke: Niemand wusste, dass er im Krankenhaus lag. Er hatte in den letzten vierzehn Tagen schließlich auch niemanden anrufen und das Krankenhaus nicht verlassen können. Esther und Jana riefen in letzter Zeit ohnehin selten an, was Herr Balzek ihnen hundertprozentig verzieh. Schließlich waren sie in einem Alter, in dem man sich selbst in dieser Welt positionieren muss, und das in ausreichender Distanz zu den Eltern. Viel zu lachen gab es in den letzten Jahren ohnehin nicht und sogar das vergangene Weihnachtsfest manifestierte sich lediglich in Form von handelsüblichen Grußkarten, immerhin aber alle ausnahmslos mit echter Tinte beschrieben, was sie ein wenig edler und liebevoller erscheinen ließen. Er liebte seine Töchter sehr für diesen kleinen Bonus, mit dem sie ihm zeigten, dass sie ihn auch weiterhin als Vater respektierten und mochten, auch wenn er (sehr wahrscheinlich) dafür gesorgt hatte, dass Mama von zu Hause fortgegangen war. Bei diesem Eindruck wollte es Herr Balzek bewenden lassen.

Er wischte sich eine Träne von der Wange und schätze die Wahrscheinlichkeit ab, dass seine Firma vierzehn Tage lang seine stumme Abwesenheit hinnehmen würde, und kam zu dem Ergebnis, dass sie gegen Null ging. Wo also, zum Kuckuck, steckten seine Kollegen, wo der Direktor? Nach zwei Wochen unentschuldigter Abwesenheit mussten sie davon ausgehen, dass Herr Balzek in die Toskana ausgewandert war. Schließlich hatte er die letzten Jahre immer wieder davon geschwärmt. Ja, natürlich war das nur eine Spinnerei gewesen und natürlich hatten die Kollegen auch immer freundlich gelächelt und den einen oder anderen Witz gemacht. Aber niemand wäre auf die Idee gekommen, dass Herr Balzek tatsächlich in die Toskana gehen könnte, am allerwenigsten Herr Balzek selbst. Nun aber waren zwei Wochen ohne Herrn Balzek vergangen und möglicherweise erinnerte sich der eine oder andere in der Firma an die vielen Male, die Herr Balzek von der Sonne der Toskana schwärmte, die, „ja genauso ist es, das können Sie mir glauben, Herr Kollege", wirklich eine andere Sonne ist als woanders, insbesondere anders als in Deutschland. Er liebte ihr Essen, er liebte ihre Häuser, er liebte ihre Städte, ihre Dörfer, er liebte die Olivenbäume und er liebte ihre Sprache, aber vor allem liebte er die toskanischen Abende, wenn sich die Sonne zum Meer neigte und Kerzen in Weinflaschen und Lampions angezündet wurden. Dann trafen sich die Menschen in der Trattoria und erzählten Geschichten, der

Capocuopo rollte den Pasta-Teig auf einem freien Tisch aus und schenkte in seinen Pausen Limoncello aus. Solche Abende dauerten oft bis weit nach Mitternacht, selbst in der Woche. Herr Balzek würde natürlich nie einer von ihnen sein und er würde immer allein an seinem Tisch sitzen und die Italiener aus seiner schattigen Ecke heraus beobachten, aber genau das machte ihm Freude. Sie waren wie eine große Familie. Mit ihnen, stellte sich Herr Balzek mit Herzklopfen, ist es sogar möglich, den letzten Schritt zu gehen.

Ich hätte wirklich auswandern sollen, dachte Herr Balzek. Nun würde es doch ohnehin geschehen, dass er aus der Firma rausgeschmissen wurde. Die scherten sich einen Dreck um ihn. Esther würde es verstehen. Und Jana auch. Sie hatte immer wieder, wenn Herr Balzek zu Hause von der Toskana gesprochen hatte, auf die gesunde Ernährung der Italiener hingewiesen.

Das sollte sein letzter Schritt werden, in einer Trattoria von seinem Tisch aus auf die lärmende, feiernde Familie zugehend.

Stattdessen lag er in einem Krankenhaus. Auf eine noch unspektakulärere, noch jämmerlichere Art konnte man kaum verschwinden.

Das waren die Fakten: Er war allein, er lag in einem Bett in einem Krankenhaus, und dies alles geschah seit über zwei Wochen. Er wollte aufstehen und in die Toskana fliegen. Jetzt.

Sein Arzt drückte ihn sanft zurück auf die Matratze. Herr Balzek erschrak, denn er hatte über seine Grübeleien nicht mehr an ihn, der tapfer und geduldig die Stellung bei ihm gehalten hatte, gedacht.

Es sei alles in Ordnung, aber weggehen könne er jetzt

nicht, jedenfalls nicht in die Toskana. Aber die Familie, die er suchte, würde er bald schon treffen können, sagte sein Arzt, ohne dass Herr Balzek verstand, was er damit meinte.

Ob er denn laut gedacht habe, fragte Herr Balzek und sein Arzt lachte. So etwas in der Art habe er wohl getan, erwiderte er.

Herr Balzek musste sehr seltsam dreingeschaut haben, denn das Lachen seines Arztes steigerte sich so sehr, dass er sich auf dem Bett abstützen musste.

Was denn in ihn gefahren sei, wollte Herr Balzek wissen, den eine plötzliche Traurigkeit überkam, die er sich nicht erklären konnte.

Er solle sich ganz genau umsehen, sagte sein Arzt. Bitte-schön, er beobachte doch gern. Also solle er sich doch selbst einmal beobachten.

„Und dann sprechen wir über die Abkürzung N.T.E., Herr Balzek."

Das Zimmer war leer. Es enthielt immer noch die bunten Blumen und die Vorhänge waren weiterhin geschlossen. Herr Balzek lag im Bett und...

Er lag keineswegs im Bett.

Er stand in der Ecke eines Operationssaals und sah einer laufenden Behandlung zu. Ihm fiel auf, dass die elektronischen Geräusche, die er noch vor wenigen Minuten gehört hatte, verstummt waren. Eine Gruppe vermummter Ärzte stand reglos um einen Tisch, auf dem ein Körper lag.

Es war sein eigener. Er erkannte sein Gesicht in dem Toten.

„Was..."

„Die Abkürzung N.T.E steht für Nahtoterfahrung, Herr

Balzek."

„Wie… wieso?"

Sein Arzt legte einen Arm um Herrn Balzeks Schulter, und eine beruhigende Wärme durchflutete ihn.

„Der Grund war ein Herzinfarkt."

„Ich bin also tot?"

„Sie stehen doch hier mit mir." Sein Arzt schmunzelte.

„Ich bin also nicht tot? Nun sagen Sie doch was." Herr Balzek bekam Panik, und das lag noch nicht einmal daran, dass er sich offensichtlich in zwei Personen geteilt hatte, sondern vielmehr daran, dass plötzlich alles einen Sinn ergab. Er erinnerte sich nun an den Moment, in dem er in den Operationssaal geschoben worden war und noch dachte, dass dies für eine Lappalie übertrieben wirkte. Er erinnerte sich an das grelle Licht und seinen Gedanken, dass sich der Himmel für ihn geöffnet hatte. Die dann folgenden zwei Wochen hatte er immer nur seinen Arzt gesehen und sein Zimmer nicht verlassen. Doch dieses Zimmer schien es nie gegeben zu haben, wie es auch die zwei Wochen nicht geben konnte, denn er war immer noch in dem OP. Seinen Bettnachbarn hatte es nie gegeben. Er war es selbst.

Er hatte sich beim Sterben zugesehen.

Sein Verstand begann zu arbeiten. In Situationen, in denen eine Irritation der Wirklichkeit droht, begehrt der menschliche Geist Rationalität, und es half immer. Doch dieses Mal wollte ihm keine logische Erklärung einfallen. In den vergangenen zwei Wochen schien er sich in einer Art Zwischenwelt befunden zu haben. Er verdrängte aufkommende Gedanken an Esther und Jana und seine von ihm geschiedene Frau. Es war durchaus möglich, dass er nie wieder zu ihnen zurück konnte.

„Sagen Sie, erklären Sie mir bitte, was hier passiert. Sie sind doch…"

„… ihr Arzt? Ja, das bin ich. Sie wollen eine medizinische, naturwissenschaftliche Erklärung?" Sein Arzt räusperte sich. „Also los. Sie erleben rational nicht begründbare Zeitparadoxe?"

Herr Balzek nickte.

„Sie wechseln ihren Aufenthaltsort in dem Raum, ohne sich bewegt zu haben?"

Herr Balzek nickte.

„Sie haben sich von ihrem Körper abgespalten und Sie können sich selbst beobachten?"

Herr Balzek nickte und wurde langsam ungeduldig. Gefährliche Gedanken stiegen wie Luftblasen aus dem dunklen Abgrund der neuronalen Hölle des Gehirns empor und stießen an die dünne Schutzschicht seines Bewusstseins. Wie in Trance verfolgte er die Ausführungen seines Arztes.

„In Ordnung. Also, vom medizinischen Standpunkt her, Herr Balzek, muss ich Ihnen mitteilen, dass Sie vor sechs Minuten und 32 Sekunden für klinisch tot erklärt worden sind – übrigens von den besten Ärzten dieser Stadt, die es, wie Sie sehen, immer noch nicht fassen können, dass sie Sie verloren haben. Daraufhin erlebten Sie eine Autoskopie, eine außerkörperliche Wahrnehmung, die noch immer anhält und obwohl es erst sechs Minuten und 41 Sekunden her ist, fühlt es sich für Sie wie eine Zeitspanne von zwei Wochen an. Ihre Autoskopie wird nicht von optischen Halluzinationen begleitet, falls Sie als Nächstes wissen möchten, weshalb ich mit Ihnen sprechen und Sie berühren kann. Nein, Herr Balzek, ich bin real. Realer als die Wirklichkeit, sozusagen. Ich bin ja ihr Arzt. Wann immer wir miteinander

sprachen oder ich sie anfasste, kam es zu einer außerge-
wöhnlich starken Aktivierung Ihres limbischen Systems, Sie
erlebten intensive Empfindungen von Liebe und Wärme."

Sein Arzt machte eine Pause und Herr Balzek hörte ein
Ticken in seinem Kopf, das an einen Countdown erinnerte.

„Es ist unklar, wie viele Personen Nahtoterfahrungen
wirklich erleben. Sie sind nur sehr schwer vorhersagbar und
es ist praktisch unmöglich, sie unter kontrollierten Laborbe-
dingungen systematisch zu erzeugen und zu variieren.
Nahtoterfahrungen entziehen sich damit, anekdotische Fall-
berichte ausgenommen, fast vollständig einer wissenschaft-
lichen Untersuchung. Dennoch erleben Menschen diese
Grenzwelt und berichten immer wieder davon. Die Qualität
der Erfahrung reicht von wärmender Liebe bis zur schauer-
lichen Horrormär. Beides ist wahr und Letzteres wird eher
verdrängt, und kaum jemand berichtet von unangenehmen
Erfahrungen in der Grenzwelt. Es sind einige Bücher zu
diesem Thema geschrieben worden." Pause. „Ist es das, was
Sie hören wollten?", fragte sein Arzt sanft.

Die Leere in seinem Kopf fühlte sich unerträglich an.
Nie hätte Herr Balzek gedacht, dass ein Vakuum Schmerzen
verursachen konnte. Er schüttelte langsam den Kopf.

„Das hilft mir nicht", flüsterte Herr Balzek und Tränen
schossen ihm in die Augen. Er war doch tot, und die Leere
in seinem Kopf war die logische Folge davon. Und seine
Töchter hatten ihn nicht besucht, weil es überhaupt kein
Zimmer gab, in dem sie ihn hätten besuchen können. Sie
wussten zu diesem Zeitpunkt noch nicht einmal, dass er tot
war, und all der Schmerz und die Trauer würden ihnen noch
bevorstehen.

„Herr Balzek – Christian. Das naturwissenschaftliche

Denken hilft dir in diesem Fall auch nicht. Jede medizinische Erklärung ist völlig bedeutungslos."

Sein Arzt nannte ihn das erste Mal beim Vornamen. Obwohl ihm das so vorkam, als hätte sich der Tod damit nun endgültig seine Seele eingekauft, klang es überraschend vertraut und warm. Es erinnerte ihn schlagartig an die Zeit, als Jesus ihn besucht hatte. Ja, so fühlte es sich an, und zum ersten Mal, seit er am Vormittag auf dem Parkplatz des Krankenhauses zusammengebrochen war, erwog er, dass sich der Himmel möglicherweise tatsächlich für ihn geöffnet hatte.

„Nein", hauchte er lautlos. „Das hilft mir nicht."

Schon hatte er damit abgeschlossen, konnte es regelrecht spüren, dass eine Rückkehr in die Welt der Lebenden zu diesem Zeitpunkt nicht mehr möglich war. Wohin sollte es nun gehen? Sein großer Traum vom Verschwinden war zum Greifen nahe. Aber da regte es sich wieder in seinem Abgrund. Wie heiße Schwefelblasen in einem Vulkansee stieg die alte Angst vor dem letzten, den allerletzten Schritt in ihm auf.

Italien. Er wollte nach Italien.

Die Sonne ging gerade unter. Kerzen wurden entzündet und Christian nahm einen Schluck vom köstlichen Vino di Casa. Noch erfüllte die Hitze des Tages die kleine Trattoria, und als der Rand des kühlen Tonbechers seine Lippen berührte, löste dies einen wohligen Schauer aus. Ihm gegenüber saß sein Arzt und tat es ihm gleich.

Sie hatten Pasta mit Meeresfrüchten bestellt und überbrückten die Zeit der Zubereitung mit Olivenbrot und Öl. Sein Arzt nickte anerkennend.

„Ich muss schon sagen, Christian, du weißt, wie man es sich gut gehen lässt."

„Es ist herrlich! Ich freue mich, dass du mitgekommen bist und ich dir meinen Traum zeigen kann."

„Es erfüllt mich mit Freude, dich hier zu sehen. Du wirkst glücklich."

Ja, wollte Christian rufen, doch da stockte ihm der Atem. Er war nicht nur zum Vergnügen hier. Das wusste er. Es war der letzte Schritt, den er zu gehen hatte.

Christian stellte den Becher zurück auf den Tisch.

„Warum hast du mich nicht gleich mitgenommen? Warum haben wir zwei Wochen in diesem Zimmer verbracht, das es nie gegeben hat? Du... du hättest mich doch gleich mitnehmen können, oder?"

„Christian, der Wein ist fantastisch. Genieße ihn, solange du möchtest. Wir können jederzeit gehen, du entscheidest. Wir können ebenso gut auch noch bleiben."

„Das verstehe ich nicht. Ich meine, das hier ist doch noch nicht das Ende des Universums. Wir haben doch noch mehr... zu entdecken, oder?"

Christian hätte alles gesagt und alles getan, um den Gedanken an den letzten Schritt zurück in den Abgrund zu drängen.

„Du hast Recht. Es ist so, wie du denkst. Du musst den letzten Schritt noch gehen. Ich kenne deine Angst vor der Einsamkeit dieses letzten, unumkehrbaren Schrittes. Ich kenne deine Sorge um den Schmerz des Verlustes all derer, die du liebst und die dich lieben. Ich kenne auch deinen Traum vom Verschwinden. Und ich weiß, dass du am liebsten hier an diesem Tisch sitzt und den Gerüchen der italienischen Küche nachspürst. Ich verstehe das sehr gut."

138

Er zwinkerte ihm zu und Christian, der wie ein kleines Kind aufgeregt auf seinem Stuhl zappelte, konnte sich ein kurzes Lachen nicht verkneifen. Wer hätte gedacht, dass der Herr des Universums Gefallen an italienischer Küche fand.

„Natürlich mag ich es. Ich liebe die gesamte Schöpfung und alles, was die Menschen im Geist der Liebe und ihrer Kreativität mit ihr anstellen. Es ist wunderbar!"

Sein Arzt streckte die Arme aus, als wollte er die gesamte Trattoria umarmen. Die Pasta wurde aufgetischt und Wein wurde nachgeschenkt.

Sein Arzt ließ das Besteck liegen und machte ein ernstes Gesicht.

„Christian, ich gehe mit dir nicht eher weiter, bevor du nicht bereit dazu bist. Du musst die Angst vor dem letzten Schritt ablegen, und ich denke, du stehst kurz davor. Wir haben uns die zwei Wochen Zeit genommen, weil du eben zwei Wochen brauchtest, bevor du dir eingestehen konntest, dass dein irdischer Körper gestorben ist. Andere können sich schneller lösen, wieder andere benötigen Monate. Aber die Zeit, wie du sie kennst, wird immer bedeutungsloser, je näher wir der Ewigkeit kommen. Das wirst du verstehen, wenn du es erlebst, ja, und du erlebst es schon. Das Gefühl, von Licht durchdrungen zu sein, wird sich steigern. Orte wechselst du bereits mühelos. Dir wird nie mehr kalt sein und egal, wohin du dich wendest und wie weit du gehst, die Wärme und das Licht werden bei dir sein, denn alles, das gesamte Universum und die Ewigkeit, sind das Herz Gottes, in dem du spazieren gehst."

„Es ist also alles wahr?" Christian wusste selbst nicht genau, was er mit „alles" meinte, doch sein Arzt nickte.

„Du kannst aus einem Tag ein Jahr machen und umgekehrt. Wir können, wann immer du möchtest, an diesen Tisch gemeinsam zurückkehren, wenn du es wünschst. Und wenn dir meine Gesellschaft einmal zu langweilig wird, dann fragst du Petrus. Den kriegst du mit Meeresfrüchten immer."

Jetzt lachten sie beide ungehemmt. Wer hätte sie stoppen können.

„Sollen wir zahlen?", fragte sein Arzt nach einer Weile.

„Ich bin soweit", erwiderte Christian strahlend und auch ein wenig stolz.

Sie traten gemeinsam durch die Tür. Eine alte Pflastersteinstraße führte nach links und nach rechts. Sein Arzt entschied sich für eine Richtung und hielt Christian die Hand hin.

Und so tat Christian Balzek seinen letzten großen Schritt nicht allein, sondern an der Hand seines Arztes, dessen Namen er sehr wohl kannte und den er nun noch einmal in ewiger Dankbarkeit und Liebe flüsterte.

Nachwort

Wir sehen nicht auf das Sichtbare, sondern auf das Unsichtbare.
Denn was sichtbar ist, das ist zeitlich.
Was aber unsichtbar ist, das ist ewig.
Paulus (die Bibel)

Die Welt ist Gottes Schöpfung, aber Gott ist nicht in dieser Welt. Gott ist unsichtbar für uns. Gleichwohl vermag er uns anzusehen und unsere Geschicke zu lenken.

Glauben Sie das?

Ich glaube es. Ich *hoffe* es. Und der Glaube ist eine feste Zuversicht auf das, was man hofft. Ich bin zuversichtlich, dass Gott mich sieht, und dass ich irgendwann Gott sehen werde.

Worauf sollte meine Zuversicht gründen, wenn nicht auf Gott? Was kann mich auf diesem Planeten zuversichtlich werden lassen, worauf sollte ich hoffen? Dass ich ein schönes Leben habe und wenig Leid erfahre? Dass ich möglichst gut durchkomme? Dass ich die Welt verändere, eine wichtige Entdeckung mache, die Menschheit von Kriegen, Seuchen und Krebs befreie?

Und was dann? Was erwartet mich am Ende meines Lebens?

Hören Sie in sich hinein. Denken Sie ruhig einmal an den Tod. Seien Sie mutig!

141

Hören Sie das leise Wimmern?

Bemerken Sie das Schluchzen Ihrer Seele?

Sie sehnt sich nach mehr als Endlichkeit. Sie sehnt sich nach Heimat. Doch wo ist deine Heimat, Seele?

Ich ermuntere Sie, sich auf die Suche nach dem Unsichtbaren zu begeben. Tun Sie es für Ihre einsame Seele.

Es ist nicht unmöglich, das Unsichtbare zu finden. Denn Gott hat einmal unsere Erde besucht. So sehr hat er sich nach den Menschen gesehnt, dass er zu uns gekommen und für alle sichtbar geworden ist, in Jesus. Die Bibel beschreibt ihn als das Ebenbild des unsichtbaren Gottes.

Er besucht auch heute noch Menschen. Gehen Sie aufmerksam durch Ihren Alltag. Vielleicht ergeht es Ihnen wie eine der Personen aus den vier Erzählungen, vielleicht kommt Gott ganz anders auf Sie zu. Eines ist jedoch sicher, das glaube ich, wenn Sie sich Gott zuwenden, wird er Sie ansehen.

Ihre Seele wird jubeln.

Thomas Wehr
im Juli 2015

Weiterlesen

Haben Sie die Erzählungen angeregt, mehr über das Wesen Gottes zu erfahren und einmal selbst in der Bibel zu lesen?

Auf den folgenden Seiten finden Sie einige Anregungen.

Weiterlesen – Der Anruf

Ein erfolgreicher Architekt.
Ein undenkbarer Anruf.
Eine unmögliche Verabredung.
Und eine Begegnung mit Gott,
bei der es am Ende Pfefferminzeis gibt.

Der einigermaßen selbstverliebte Star-Architekt Sebastian Ziegler schafft es im Laufe der Erzählung, von sich weg zu sehen und die Not seiner Mitmenschen wahrzunehmen. Dabei wird ihm letztlich Gottes Gegenwart bewusst.

Lesen Sie dazu das Gleichnis im Matthäus-Evangelium, Kapitel 25, Verse 31-46.

Weiterlesen – Die sechste Etage

Ein gelangweilter Ehemann.
Ein gelber Basketball.
Eine erhellende Erinnerung an eine muffige Sporthalle.
Und eine alte Schlangenhaut, die das Leben eines Ehepaars
für immer verändert.

Wie die Schlange sich von Zeit zu Zeit häutet, ergeht es auch Georg: Damit etwas Neues entstehen kann, muss er Altes ablegen. Seine Sehnsucht nach Gott wird für ihn neu erfahrbar, nachdem er die Zerrbilder seiner Erinnerungen und den alten Groll abgestreift hat.

Lesen Sie dazu aus dem Brief an die Kolosser Kapitel 3, Verse 1-17 über den alten und den neuen Menschen.

Weiterlesen – Eine greifbare Form der Ewigkeit

Ein heißer Sommer in der feuchten Lagunenstadt.
Eine zweifelhafte Einladung.
Ein totes Pferd im Kanal.
Und ein weißer Ritter auf einer Treppe,
die in den Himmel führt.

Ben sieht Dinge, die seine Eltern nicht wahrnehmen, weil sie in ihren eigenen Welten gefangen sind. In Venedig liegen der Tod und Ewigkeit zum Greifen nahe. Inmitten dieser Verstörung wird Ben von Gott gerufen und erfährt dessen rettende Hand.

Lesen Sie dazu
aus dem Lukas-Evangelium Kapitel 18, Verse 15-17
und
aus dem Johannes-Evangelium Kapitel 10, Verse 27-30.

Weiterlesen – Der letzte Schritt

Ein frommer Patient, dem der Teufel Streiche spielt.
Ein Arzt, der alle Zeit der Welt hat.
Eine gemeinsame Reise in die Toskana.
Und ein letzter Schritt,
der keine Angst mehr macht.

Herr Balzek scheint dem Tod näher zu sein als dem Leben. Oder ist es doch anders herum? Wenn Jesus uns begleitet, ist der Tod nur ein Schritt in die Ewigkeit, in unsere Heimat, in der eine Wohnstätte auf uns wartet.

Lesen Sie dazu aus dem Johannes-Evangelium Kapitel 14, 1-14.